阿赫玛托娃诗选

我已沉默那么多沉重的岁月

[俄] 阿赫玛托娃 著
汪剑钊 译

咪咕阅读
中国出版集团
现代出版社

图书在版编目（CIP）数据

我已沉默那么多沉重的岁月：阿赫玛托娃诗选 / （俄罗斯）阿赫玛托娃著；汪剑钊译. —北京：现代出版社，2017.4

ISBN 978-7-5143-5910-7

Ⅰ.①我… Ⅱ.①阿… ②汪… Ⅲ.①诗集—俄罗斯—现代 Ⅳ.①I512.25

中国版本图书馆CIP数据核字(2017)第055598号

我已沉默那么多沉重的岁月：阿赫玛托娃诗选

作　　者：［俄］阿赫玛托娃
译　　者：汪剑钊
责任编辑：曾雪梅
出版发行：现代出版社
通信地址：北京市安定门外安华里504号
邮政编码：100011
电　　话：010-64267325　64245264（传真）
网　　址：www.1980xd.com
电子邮箱：xiandai@vip.sina.com
印　　刷：北京美图印务有限公司

开　　本：890mm×1240mm　1/32　　印　　张：9.5
版　　次：2017年5月第1版　　印　　次：2017年5月第1次印刷
书　　号：ISBN 978-7-5143-5910-7
定　　价：39.80元

“她命中注定要下地狱”（代序）

关于安娜·阿赫玛托娃的成就和地位，在弗·阿格诺索夫主编的《20世纪俄罗斯文学》中，编写者有过一个比较中肯的评价：她“不仅在诗歌方面，而且在伦理方面成了自己时代的一面旗帜。她接受并分担了俄罗斯悲剧的命运，没有向黑铁时代妥协，没有向道义上的压迫低头”。而被她本人誉为阿克梅主义“第一小提琴手”的大诗人曼德尔施塔姆，则将诗人的创作与俄罗斯19世纪的心理小说联系到了一起：“阿赫玛托娃为俄罗斯的抒情诗带来俄国19世纪长篇小说所有的错综复杂性和丰富的心理描写……她参照心理小说，发展了自己诗歌的形式，尖锐而独特的形式。”上述评价不可谓不高，但阿赫玛托娃以其对诗歌的探索和贡献而言，确实当之无愧。

阿赫玛托娃在自传中这样提及自己的履历：“我于1889年6月11日（新历23）出生于敖德萨。我的父亲是一名退伍的海军工程师。我一岁时，全家迁居到北方——皇村。我在那里一直生活到十六岁。”她的童年在圣彼得堡近郊的皇村（现为普希金城）度过。1907年，到基辅学习法理学，后转入彼得堡大学语文系。阿赫玛托娃原姓戈连科，由于父亲不愿意女儿从事文学活动，禁止她用戈连科的姓氏发表作品。于是，她署上了母亲家族的姓①。阿赫玛托娃的童年并没有留下什么美好的回忆，从她的自述文字中，我们知道，她没有什么玩具，没有善良的阿姨，也没有吓人的叔叔，甚至没有同龄的玩伴，因此，“对我而言，人的声音并不可爱，我能听懂的只有风的声音”。家里的书籍很少，仅有的诗集是一本涅克拉索夫的诗选。幸好她的母亲对诗歌尚有兴趣，偶尔还给孩子们朗诵一点涅克拉索夫和杰尔查文的诗歌，这成了她最初的文学启蒙。十岁时，阿赫玛托娃得了一场大病。令人诧异的是，就在那时，她开始了诗歌写作，此后，她一直觉得自己的诗歌道路与这场疾病有着某种神秘的联系。

20世纪初，以古米廖夫和戈罗杰茨基为首的一批青年诗人创立了一个诗歌实验组织——“诗人车间”。不久，他们又树起了“阿克梅主义”②的旗帜，主张诗歌的清晰性、客观性、形象性、原创性和阳刚性，注意诗歌语言的特殊性，强调诗歌的张力和韧性，以对抗当时占主流地位的象征主义诗歌的朦胧与暧昧的特点。在阿克梅派诗人中，阿赫玛托娃从来没有发表过什么宣言，只是默默地从事自己的诗歌写作，以丰硕的成果赢得圈内圈外人士的啧啧赞叹。1912年，阿赫玛托娃的第一部诗集《黄昏》出版，获得了评论界较高的评价。两年后，她出版了第二部诗集《念珠》。这两部诗集为她赢来了最初的声望。正如很多批评家指出的那样，阿赫玛托娃的诗歌语言简洁、准确，善于用具体的细节来表达抽象的情感，在短短数行中描述一个戏剧性的场景。与自己的前辈普希金一样，阿赫玛托娃也是为母语恪尽职责的一位守望者，同时，

---

① 据说，她的母亲是鞑靼可汗阿赫玛特的后裔。
② 源自希腊语，意为高峰、顶点。

又是对它做出了创造性贡献的一位开拓者。她对俄罗斯的爱，对祖国历史的敬仰，都寄托在语言中，“无论她写什么，她从未背叛过‘保守而又保守的’俄罗斯语言”。无疑，这与阿赫玛托娃对传统的理解有关，她认为：“如果一个人的灵魂不曾被当代诗歌所打动的话，那么，古典诗歌也不会引起他的共鸣。理解当代诗歌的道路是通过当代诗歌，通过‘与我有关’而铺就的。” 如果一个人不知道如何欣赏和喜欢勃洛克、马雅可夫斯基、帕斯捷尔纳克，自然也就欣赏不了普希金，更不知道如何以个人的方式来接受普希金。在她看来，现在的青年无法理解经典，他们已经丧失了俄罗斯经典，因为通向经典的道路只有一条，那就是经过现代诗，但他们找不到现代诗，能读到的那些所谓的诗仅仅只是分行的文字而已。正是有着如此的见识，她的诗歌表现出了一种独特的“传统性”：“既保持着古典诗歌的外形，又在诗歌内部进行着地震和转折。”这种非学院式的研究是大有裨益的，它进一步丰富了阿赫玛托娃本人创作中的经典性和优雅的品格。

1913年，彼得堡开设了一家专为流浪艺术家和诗人提供活动场所的酒吧——野狗俱乐部。阿赫玛托娃是这家酒吧的常客，她的不少诗歌都是在这里首先朗诵，然后广泛传播出去。对此，她在一首诗中有所描述：

这里，我们全是酒鬼和荡妇，
我们在一起多么郁闷！
连壁画上的鲜花和小鸟
也在思念流动的云彩。
…………

啊，我的心多么忧伤！
莫非在等待死期的来临？
那个如今正在跳舞的女人，
她命中注定要下地狱。

上面最后两行献给演员苏杰依金娜的诗句几乎像谶言似的预示着诗人自己后来的命运。

俄罗斯曾经有过一个非常特殊的时期，诗歌或文学遭遇了外在的压力，受到了非文学的干扰和伤害。纯粹的文学写作不被承认为一种劳动，因此，作家也就成了所谓的游手好闲者而遭到被流放或驱逐出境的命运。在这种情况下，作家和诗人们被迫做出了三种选择，其一是流亡，远离祖国，远离熟悉的母语，到异国他乡去寻找构想中的自由；其二是调整自己的心态，同时调整自己的文学观念，放弃既有的立场，以适应新的形势；其三是选择在公众场合下的沉默，退回到为自己的内心、为“无限的少数人”的写作中。安娜·阿赫玛托娃大约可以划入属于上述第三种选择的作家群体。

自20年代开始，阿赫玛托娃便进入了生活的低谷。首先是已经离异的丈夫古米廖夫被枪决；随后，唯一的儿子列夫两次被捕；她本人也数度遭到批判，被剥夺了在公开出版的刊物上发表作品的权利。但苦难和厄运没有完全压倒诗人的创作冲动，反而玉成了她诗歌中最具精神深度的部分，帮助她最终走出“室内抒情”的局限。从30年代开始，在居无定所的境况下，她一直坚持着长诗《安魂曲》和《没有主人公的叙事诗》的创作和修改。在发表渠道不畅的情况下，根据楚科夫斯卡娅的回忆，阿赫玛托娃的几部重要的作品，包括《安魂曲》《子夜诗》《没有主人公的叙事诗》等，都是在口口相传、心灵与心灵的沟通中得以流传的。

即便在创作的早期，当人们还在关注阿赫玛托娃创作中那些“室内”元素时，阿赫玛托娃本人已经萌发了成为民族代言人的雄心。她在写于1924年的《缪斯》一诗中如是告白：

深夜，我期待着她的光临，
生命，仿佛只在千钧一发间维系。
面对这位手持短笛的贵宾，
荣誉、青春和自由都不值一提。
啊，她来了。掀开面纱，
目不转睛地打量着我。
我问道：“是你，向但丁口授了
地狱的篇章？”她回答：“我。”

从诗中，我们可以发现阿赫玛托娃意欲成为但丁式的人物，创造俄罗斯的《神曲》。而从作者以后的创作来看，诗人应该说是部分地做到了。晚年，阿赫玛托娃将主要精力投入到了一些大型建筑式诗歌的构建上，从而由自发的写作走进了自觉的写作，非常注意以个人的苦难来折射民族的灾难和不幸。由是，诗人此前写作中的精致、纤细、典雅，仿佛脱胎换骨似的融入了粗犷、坚韧、沉着、有力的主导性声调之中，使作品既保持了细部的可感性，又摆脱了早期写作的纤巧与单薄，呈现出肃穆、庄重的风格。

目 录

爱情

时而像蛇那样蜷缩一团，
在心灵深处施展巫术；
时而整天像一只鸽子，
在白色的窗前咕咕絮语。

时而在晶莹的寒霜里闪光，
恰似昏睡的紫罗兰之梦……
可总是那么固执、那么诡秘地
挪走人的快乐、挪走安宁。

在小提琴忧伤的祈祷中，
能够如此甜蜜地痛哭，
但透过尚未熟悉的笑容，
将它猜破，真是太过恐怖。

1911

黝黑的少年在林荫道上徘徊

黝黑的少年在林荫道上徘徊，
漫步湖畔，愁肠百结，
一个世纪了，我们还在怀念
那窸窸窣窣的脚步声。

刺人的松针绵密地
铺满低矮的树墩，
这里放过他的三角帽，
一卷破旧的帕尔尼诗集。

1911

有一个男孩正吹着风笛

有一个男孩正吹着风笛，
有一个女孩正编织着花环，
森林中有两条交叉的小路，
远方田野上有遥远的火光——

我看到这一切。我也记得这一切，
温柔缱绻地珍藏在心底，
唯有一件事我从来不知晓，
甚至根本就不可能记起。

我不祈求智慧，也不求力量，
哦，只希望在炉火旁取暖！
我冷彻骨髓……有翼和无翼的，
快乐的神祇并不眷顾我。

1911

在深色的面纱下

在深色的面纱下，握紧双手……
“今天你为何如此憔悴？”
——“是因为，我用苦涩的忧愁
把他灌得酩酊大醉。”

我怎能忘记？他踉跄着出门，
痛苦地扭曲着嘴唇……
我顾不得扶靠护栏，
忙不迭地追他到门口。

我气喘吁吁地喊道：“那一切
不过是玩笑。你再走，我就死。”
他只是平静地一笑，冷冷地
对我说：“别站在风口里。”

1911

心底对太阳的记忆

心底对太阳的记忆逐渐黯淡。
草儿更加枯黄。
风儿卷起最初的雪片，
飒飒簌簌。

狭长的沟渠已经封冻——
不再流动。
这里什么都不再会发生——
啊，不再发生。

一株柳树在空寂的天边铺展
透明的扇子。
那该多好呀：倘若我并没有成为
你的妻子。

心底对太阳的记忆逐渐黯淡，
怎么回事？黑暗？
或许……冬天呀，只消一个夜晚，
马上到来。

1911

心和心并没有锻铸在一起

心和心并没有锻铸在一起，
如果你愿意 —— 你可以离开。
在人生旅程中自由的人们，
可以获取的幸福无限。

我不会哭泣，也不会哀怨，
我注定不是幸福的女人。
不要吻我，我疲惫不堪——
来吻我的自有那死神。

白色的冬天伴随着我，
熬过了多少艰难苦闷的岁月。
你远远好过我的意中人，
这是为什么呀，这是为什么?

1911

最后相会的歌吟

胸口是那么无助地冷却，
而我的脚步却那么踉跄。
我把左手的手套
戴在自己的右手上。

仿佛感到台阶无数多，
我分明记得它总共才三级！
秋天的低语透过槭树
发出乞求："让我们一起死！

我受到了命运的欺骗，
它阴郁、凶恶，变幻莫测。"
我答道："亲爱的！亲爱的！
我也如此，我愿和你一起死……"

这是最后相会的歌吟。
我望一眼黑漆漆的楼房，
只有那卧室里的一盏灯，
还冷漠地闪烁金黄的光芒。

1911

你仿佛用一根麦秆啜饮我的灵魂

你仿佛用一根麦秆啜饮我的灵魂。
我知道，这味道苦涩而又醉人。
但是，即便哀求也无法解除我的酷刑。
哦，我的平静需要持续数周。

请告诉我，何时会结束。尘世间
没有了我的灵魂，就不会悲伤。
我将走过不长的路程，
去观看孩子们如何玩耍。

醋栗在灌木丛中尽情开放，
篱墙之外，人们在搬运砖石。
你是谁：我的兄弟或者情人，
我不记得，我也不需要牢记。

这儿一片明朗，我却流离失所，
疲惫的身体渴望休息……
而那些过路人不着边际地寻思：
或许，就在昨天她成了寡妇。

1911

我再也不需要我的双足

我再也不需要我的双足，
让它们变成鱼的尾巴！
我游泳，为凉意而感到愉悦，
远方的桥梁朦胧得发白。

我再也不需要柔顺的灵魂，
让它变成一缕烟，一缕轻烟，
它将变得温柔而蔚蓝，
在黑色的河岸上空盘旋。

你看，我潜水有多么深，
伸手抓起一把水藻，
我不会重复任何人的话语，
也不会沉醉于任何人的烦恼……

而你，我远方的人儿，难道
已变得如此苍白、忧伤和沉默?
我听到什么？整整三个星期，
你都在低语:“可怜的人，为什么？”

1911

蓝葡萄粒的气息多么甜蜜

蓝葡萄粒的气息多么甜蜜……
沉醉的远方刺激着欲望。
你的声音低哑而郁悒，
我不再同情，不再同情任何人。

浆果之间布满了蜘蛛网，
柔韧的藤蔓依然纤细，
云朵飘游如同一块块浮冰，
在蓝色河流明亮的水中。

烈日当空。阳光一片灿烂，
走吧，去向波涛倾诉伤痛，
哦，或许它能给你答案，
说不定，会给你一个亲吻。

1911

仿英·费·安年斯基

我向你，这最初的怪癖
告别。东方呈现一片蔚蓝。
你淡淡地说：“我不会忘记。”
我不会马上就相信你。

一张张面孔出现，又被抹掉，
今天亲近，明天又疏远。
为什么恰好在这一书页，
我曾经折过一个角？

这部书总是在那个地方
翻开。那时也非常怪异：
从告别那一刻至今，不回返的
岁月仿佛依然不曾消逝。

哦，有人说，心来自石头，
或许还知道：它来自烈火……
我永远不明白：你是喜欢我，
抑或只是热切地爱我。

1911

在新月下

在新月下，我亲爱的朋友
离开了我。竟然会这样！
他开玩笑地说："走钢丝的女人！
你如何能强挺到五月？"

我像对待兄长一样回答他，
我不嫉妒，也不抱怨，
但是，四件崭新的雨披
也弥补不了我的损失。

尽管我的旅程恐怖，充满凶险，
但是思念的路途更为恐怖……
那把中国雨伞多么漂亮，
白粉将小鞋子擦得多么干净！

乐队正演奏欢快的曲子，
嘴角还挂着一丝笑容，
但心知道，心知道，
第五号包厢已经人去座空！

1911

我活着，像座钟里的布谷鸟

我活着，像座钟里的布谷鸟，
我不羡慕森林中的鸟儿们。
上紧了发条——我就咕咕叫。
你要知道，这种命运
我仅仅希望
仇敌才会拥有。

1911

短歌

在太阳升起的时候，
我放声歌唱爱情，
我双膝跪在菜园地里，
薅除一株株滨藜。

我连根拔起，再扔掉——
但愿它们能原谅我，
我看见，一个赤足的女孩
正靠着篱笆在痛哭。

尖厉的哭声极为凄惨，
让我感到惊恐不已，
蔫死的滨藜依旧散发着热气，
一阵比一阵更浓烈。

我获得了恶性的奖赏，
石块代替了面包。
我的头顶只有天空，
而你的声音与我在一起。

1911

我无所事事，来到这里

我无所事事，来到这里，
在何处忍受寂寞，反正都一样！
磨坊在山坡上打盹，
这里可以常年沉默不语。

一只蜜蜂从容不迫地飞舞
在枯萎的菟丝草之上；
我在池塘旁呼唤美人鱼，
可美人鱼已经死亡。

宽阔的池塘已经干涸，
爬满了铁锈色的水藻；
一轮轻盈的月亮闪烁
在枝叶颤动的白杨树梢。

我发现一切都那么新奇，
白杨树散发着湿润的气息。
我沉默呀，沉默。大地！
我时刻准备重新变作你。

1911

在白夜

唉，我没有关上房门，
也没有点燃蜡烛，
你不知道我多么疲惫，
可我还不想上床睡觉。

我凝视着一丛丛针叶
在黄昏的薄冥中逐渐消失，
有一个声音令我陶醉，
它与你的声音是那样相似。

我很清楚，一切都已失去，
生活——是可诅咒的地狱！
哦，我对此充满信心：
你一定会重返我的小屋。

1911

一棵老橡树在絮叨着往事

一棵老橡树在絮叨着往事。
月亮懒洋洋地抛射光线。
我从来不曾以幻想
来触及你芬芳的双唇。

浅紫的面纱裹紧了苍白的额头。
你和我在一起。安静，病态。
手指冰凉，不住地颤抖，
令人想起你手掌的纤瘦。

我已沉默那么多沉重的岁月。
相会的尝试还不曾放弃。
很早我就已知道你的答案：
我爱，却不曾为人所爱。

1911

致缪斯

缪斯姐姐瞥了我一眼，
她的目光清澈而明亮。
她夺走了我的金戒，
春天的第一份礼物。

缪斯！你看，她们多幸福——
少女、妇人和寡妇……
我宁愿在漂泊中死去，
也胜过在桎梏中苟活。

我知道：摘一朵温柔的小雏菊，
用它来给自己占卜。
在这大地上应该体验
每一种爱情的酷刑。

我在窗台点亮蜡烛直到天明，
却并没有思念任何一个人，
我不寻思、不寻思、不寻思
人们怎样亲吻别的女人。

明天，镜子就会笑着对我说：
“你的眼睛不够清澈，不够明亮……”
我低声回答：“是她夺走了
上帝给我的礼物。”

1911 年 10 月 11 日 皇村

你又和我在一起

你又和我在一起。哦，玩具男孩！
莫非我还能温柔如同你的妹妹？
布谷鸟在一口老钟里隐藏。
它很快就会显露，并且说：“时辰已到。”

我敏锐地聆听无忧无虑的故事。
只是你并没有教会我沉默。
我知道，对于灰眼睛的你来说，
活着多么快乐，而死却又那么容易。

1911

仿佛一柄沉重的巨锤

仿佛一柄沉重的巨锤
击碎了衰弱的胸膛。
哪怕用璀璨的金子能换取
一次，仅仅一次叹息！
从枕头上微微欠起身子，
就可以重新看见开阔的池塘，
就可以重新看见乌云
如何在云杉瓦灰的树梢上浮动。
我会接受一切：痛苦与绝望，
甚至悲伤的锋芒。
只是不要将悔恨那布满灰尘的斗篷
用来蒙住我的脸庞！

1911

森林中

四颗钻石——是四只眼睛，
两只猫头鹰的，两只是我的。
哦，多么恐怖，故事的结局多么恐怖，
说的是我的未婚夫如何死去。

我躺在茂密而潮湿的草丛中，
我的话语响亮，却不连贯，
猫头鹰傲慢地向下俯视，
敏锐地聆听我的话语。

云杉密集地环护着我们，
云杉之上是天空——黑色的正方体。
你知道，你知道，他已被杀害，
我的兄长就是刽子手——

并不是在血淋淋的决斗中，
也不是在肉搏中，不是在战争中，
而是在森林里空旷的小路上，
那时恋人正向我走来。

1911

忏悔

原谅我过失的人已沉默，
浅紫的暮色熄灭蜡烛。
法衣的黑色长巾
遮住了脑袋和肩膀。

难道不是那个声音："姑娘！起来吧……"
心跳越来越快，越快，
漫不经意地画着十字的手
隔着长袍轻轻地一碰。

1911

我来了，要取代你，姐姐

“我来了，要取代你，姐姐，
在高蹿的林中篝火旁。

你的头发花白，视力
下降，泪眼蒙胧。

你已不再记得鸟儿的歌声，
你也不会发现星星和闪电。

早已不再听见铃鼓的击打，
而我知道，你害怕寂静。”

“你来了，要将我埋葬。
你的铁锹和铲子在哪里？
你的手中只有长笛。
我不会责怪你，
我的嗓音早已停息，
难道还值得惋惜？

请你穿上我的衣裳，

忘掉我的担忧，
让风儿拨弄起鬈发。
你散发着丁香一般的芬芳，
沿着险峻的道路走来，
为的是成为被照亮的那一个。”

一个去了，给另一个
腾出、腾出位子。
踉踉跄跄，像一个瞎子，
走在一条陌生而狭窄的小路上。
她仿佛看到了一切，附近
有火焰……手里握着铃鼓。
而她，恰似白色的旗帜，
而她，恰似灯塔的光芒。

1912

你赶快来到我身边

你赶快来到我身边，望着我。
赶快来吧。我还活着，我病了。
没有人能够温暖这双手，
我的双唇说道:“够了！”

每个黄昏，人们会将我的椅子
靠近窗口。我可以看到大路。
哦，难道我还能指责你，指责你
带来惊惶那最后的痛苦!

我在尘世间无所畏惧，
在严重的窒息中脸色苍白。
唯有夜晚令人恐怖，是因为
我在梦中看到了你的眼睛。

1912

传送带上放过文具盒与书籍

传送带上放过文具盒与书籍。
我放学走在回家的路上。
这些菩提树或许已经忘记
我们的约会，我快乐的男孩。
只是，要成为傲慢的天鹅，
灰色的丑小鸭应该有变化。
而忧伤像一道不朽的光线，
落进我的生活，我的声音不够响亮。

1912

在我乌黑的发辫中

在我乌黑的发辫中
为何缠进了一绺银丝——
失声的夜莺，唯有你
能够懂得我的痛苦。

你灵敏的耳朵能听到远方，
在爆竹柳纤细的枝干上，
你蜷缩羽翅，张望着——
　　而非呼吸着——
倘若响起了陌生的歌儿。

而就在不久以前，不久前，
白杨树的四周静寂无声，
你难以言说的愉悦
令人厌恶地歌唱了起来。

1912

片断

……幽暗的树荫下，一个无形的人
窸窣作响，仿佛一片落叶，
并且大声质问：“你和心上人做过什么？
你的心上人又做过什么？”

仿佛你沉重的眼睑
被浓重的黑墨所触及，
他给了你爱情的投毒者
才有的忧郁与窒息。

你早已不再计算刺扎的次数——
尖针之下，胸膛已死。
你徒然要变得快乐一些——
活着躺进墓穴更为轻松……

我对欺凌者说：“你狡猾，心黑，
而且根本没有廉耻。
可他安静、温柔，迁就我，
一个永远专情于我的恋人！”

1912

我学会了简单、明智地生活

我学会了简单、明智地生活，
我学会仰望天空，向上帝祈祷，
在黄昏之前长时间地漫步，
为的是消解无谓的焦虑。

当牛蒡草在峡谷中窸窣作响，
一串红黄的花楸果压低了树枝，
我编写了快乐的诗句，歌唱
易朽的生活，易朽而美丽的生活。

我回到家。毛茸茸的公猫
舔我的手掌，更谄媚地喵喵叫，
在湖畔锯木厂的小塔楼上，
明亮的灯火开始闪耀。

只是偶尔会有鹳鸟飞上屋顶，
它的叫声打破了一片寂静。
而倘若你来叩击我的房门，
我仿佛觉得，我甚至不会听见。

1912

失眠

有几只母猫在某处喵喵哀叫，
我从远处就听到了你的脚步声……
你的话语如同摇篮曲般美妙：
我为它们已有三个月不曾入睡。

你再一次、再一次光临我，失眠！
我熟悉你没有表情的面孔。
为什么，美人？为什么，违法者？
难道我唱给你的歌声如此糟糕？

白色的帷幔遮住了窗口，
蓝幽幽的暝色正在蔓延……
或者远方的信息会给我们慰藉？
为何我与你在一起如此愉快？

1912

你赋予我困顿的青春

你赋予我困顿的青春。
旅途上有那么多悲愁。
如何能给富有的你
带去我寒酸的灵魂?
谄媚的命运吟唱
一支关于荣誉的长歌。
上帝啊！我为人马虎，
是你吝啬的农奴。
我不可能成为
天父花园的玫瑰或小草。
在傻瓜的每一句蠢话之上，
在每一粒尘埃之上，我战栗。

1912

我行将死去

我行将死去，难耐不朽的折磨。
雾霭形成的乌云低低徘徊……
任凭赤裸的红魔在肆虐，
任凭桶中的焦油散发恶臭。

威胁来自发霉的书籍，
爬到我身旁来耍弄诡计，
只是请把记忆给我留下，
唯有那最后时刻的记忆。

为的是在一连串的痛苦中，
你不会变得非常陌生，
为了笑容，为了幻想，
我准备付出百倍的酬金。

致命的时辰，弯下身来，
畅饮透明的氯化汞。
而人们会前来掩埋
我的肉体和我的声音。

1912

你别把我的信揉成一团

你别把我的信揉成一团，亲爱的，
朋友，请你把它从头读到尾。
我已厌倦做你的陌生人，
在路上装得与你素不相识。

不要那样看我，别恼怒地皱眉，
我是你的所爱，你的心上人。
我不是牧羊女，不是公主，
更不是看破红尘的尼姑。

穿着一件日常的灰色长裙，
脚蹬后跟磨损的破鞋子……
但我的拥抱比以往更加热烈，
大眼睛还留有曾经的惊悸。

你别把我的信揉成一团，亲爱的，
也不要为隐秘的谎言而哭泣，
还是请你把它放进寒碜的背囊，
将它塞进背囊的最底层。

1912

我的声音疲弱

我的声音疲弱，但意志可不弱，
失去爱情我反而更加轻松。
天空晴高，山风轻拂，
我的思绪纯洁无瑕。

失眠—护理员[①]已另寻他人，
我不再对着灰烬闷闷不乐，
钟楼上那一根歪斜的指针，
我已不再觉得是致命的箭矢。

对心的控制像往事一般消失！
即将解脱。我宽恕一切，
我注视晨光，看它沿着湿漉漉的
常春藤忽而爬上，忽而爬下。

1912

---

① 意指失眠即护理员。

我驯顺地沉浸于想象

我驯顺地沉浸于想象
灰色眼睛的映像。
我独居特维尔大街的时候，
总是痛苦地将你回想。

幸福的俘虏有一双妙手，
在涅瓦河的左岸，
我著名的同时代人，
如您所愿发生了一切。

你向我发布命令：够了，
过来，扼杀掉自己的爱情！
我就此日渐憔悴，我优柔寡断，
但血液却愈加感到烦闷。

而如果我死去，那么，有谁
为您续写我的诗行，
谁又能将我未说出的词句
化成清脆悦耳的歌声。

1912

黄昏

音乐在花园里响起来，
传递着难言的忧悒。
盘子里盛着冰冻的牡蛎，
散发大海新鲜刺鼻的气息。

他说：“我是你忠实的朋友！”
顺势将我的衣裙触摸。
这些个手指的动作，
一点都不像恋人的爱抚；

仿佛在抚摸小猫或者小鸟，
仿佛在打量健美的女骑士……
只是在淡淡的金色睫毛下，
那平静的眼睛含有一丝笑意。

而透过四处蔓延的烟雾，
小提琴在凄楚地哀唱：
“你第一次与情人幽会 ——
应该衷心感谢上苍。”

1913

这里，我们全是酒鬼和荡妇

这里，我们全是酒鬼和荡妇，
我们在一起多么郁闷！
连壁画上的鲜花和小鸟
也在思念流动的云彩。

你抽着一管黑色的烟斗，
缭绕的烟雾那样神奇。
我穿着狭窄的衬裙，
让身材显得更加俏丽。

几扇小窗永远被钉死，
是担心雾凇，抑或是雷电？
你那机敏的眼睛
如同一对警惕的猫眼。

啊，我的心多么忧伤！
莫非在等待死期的来临？
那个如今正在跳舞的女人，
她命中注定要下地狱。

1913

受宠的女人总有那么多要求

受宠的女人总有那么多要求！
被遗弃的女人只能一无所求。
我多么欣慰：今天，这河水
在无色的冰层下，已不再漂流。

上帝保佑！—— 我就站立
在薄冰上，它晶莹而易碎；
请你将我的书信好好珍藏，
借此呀，后人能判断我们的是非。

你那么智慧、那么勇敢，
这一切在其中显露无遗。
在你那光辉的自传里，
岂能留下这一段空白？

尘世的美酒甘甜无比，
爱情的罗网密密实实。
但愿能有一天，孩子们
在教科书中读到我的名字。

哦，一旦他们读懂悲伤的故事，
任凭他们露出调皮的笑容……
我不曾得到爱情和安宁，
不如让我独享痛苦的光荣。

1913

一到黄昏就亢奋

一到黄昏就亢奋，早晨就颓丧，
轻微干裂的嘴唇有一股血腥味。
那就是它——最后的疲惫，
那就是它——荣誉王国的临门。

整天我都从小圆窗口向外张望：
逐渐变暖的篱笆闪着白光，
小路两旁长满了滨藜，
我多么希望在上面走一走——如此欢欣。

为的是沙滩窸窣作响，云杉的爪子——
黑而潮湿——发出沙沙声，
为的是在蔚蓝的运河中
再一次看见月亮朦胧不定的碎片。

1913

在玻璃的雾气花纹背后

在玻璃的雾气花纹背后，
积雪覆盖的针叶林闪烁白光。
我那只意气风发的雄鹰
为什么不曾道别就飞走了？

我聆听人们的话语。
他们说你是巫师会施展魔法。
自从相会之后，那一件蓝色短袄
已瘦得让我穿不下。

那通往乡村墓地的道路，
而今要长于一百倍，
从前，沿着这一条道路
我曾经随意地漫游。

1913

我什么都不会说

我什么都不会说，什么都不会敞露。
我只会俯下身子向窗外默默张望。
有一次，我被人带上了诵经台，
我不知是和谁一起，但记得是很久以前。

从窗口，我可以看见红色的烟囱，
而在烟囱之上是一缕轻烟在袅袅升起。
但我闭上了眼睛。一对温柔的嘴唇
轻轻触碰了我的睫毛。

那不是幻梦，热恋之惊惶的安慰者，
也不是微风安静的致意……
这是受伤者紧张地注视着灵魂，
那伤口犹如从前，耀眼的鲜丽。

1913

你可知道

你可知道，我因不自由而痛苦，
祈求上帝让我去死，
但特维尔贫瘠的土地
依然留给我刻骨铭心的记忆。

一根废弃老井的取水吊杆，
杆顶的云彩如同沸腾的白沫，
田野上立着嘎吱响的大门，
弥漫面包的香味，还有忧愁。

还有那些景色黯淡的旷野，
甚至风也只能发出低弱的声音，
肤色黝黑的村妇外表平静，
露出饱含指斥的眼神。

1913

我将放弃你的白房子与安静的花园

我将放弃你的白房子与安静的花园
生活就此倾空，变得明朗。
我将在诗歌中赞美、赞美你，
尽一个女人最大的可能。
你也将铭记可爱的女友，
在你为她的眼睛而建造的天堂，
而我也会对罕见的商品进行交易——
我出售你的爱情与温柔。

1913

我们不再会共享同一只杯子

我们不再会共享同一只杯子，
用它来喝水，畅饮甘甜的美酒，
我们不再会接吻在清晨时分，
黄昏也不会一起欣赏窗外的风景。
你呼吸着阳光，我呼吸着月华，
但我们仍然为同一种爱情而活着。

我忠诚、温柔的男友常伴我左右，
你快乐的女友也和你形影不离。
但是，我懂得你灰眼睛的惊惶，
你是我一切痛苦的罪魁祸首。
但我们并不增加短暂相会的频率，
如此，我们方能珍惜自己的平静。

只要你的声音在我的诗行中响起，
我的气息在你的诗行中弥漫。
哦，有一种篝火，它既不会
触及遗忘，也不会引发恐惧。
倘若你能够知道，此刻，你
干燥的红唇令我多么倾心。

1913

我有一种独特的微笑

我有一种独特的微笑：
那就是，嘴角微微地翕动。
我为你将它仔细珍藏——
要知道，这是爱情给我的馈赠。
不论你如何无耻和凶恶，
不论你如何用情不专，
在我面前的是金色的诵经台，
灰眼睛的新郎站在我身边。

1913

不要把真正的柔情

不要把真正的柔情
与别的什么混淆，它很安静。
你徒然把我的香肩与酥胸
小心地裹进毛皮大衣。
你徒然在殷勤地絮叨
关于初恋的话语。
我是多么熟悉你的眼神，
它们固执而贪婪！

1913

我把男友送到前厅

我把男友送到前厅，
在金色的尘埃中伫立。
从邻近的钟楼传来

一串庄严的钟声。
被抛弃！一个荒唐的词——
难道我是一朵花或一封信？
我的眼睛只是冷酷地
望着黑黢黢的穿衣镜。

1913

每一天都有新的焦虑

每一天都有新的焦虑，
黑麦散发愈加浓郁的麦香。
倘若你被放置在我的脚跟，
可人儿，你就安静躺着。

黄鹂在宽广的槭树丛中鸣叫，
直到深夜也不能消停。
我乐意驱赶快乐的黄蜂，
不让它们骚扰你绿色的眼睛。

铃铛在路上清脆地响起来——
我们永不会忘却这轻快的声音。
希望你不再哭泣，我为你
唱起一支关于离别的黄昏之歌。

1913

记忆的声音

——致奥·亚·格列波娃－苏杰伊金娜

你呆滞地望着墙壁，看见了什么，
在这晚霞布满天空的时节？

莫非看见了掠过蓝色水面的海鸥，
或者看见了佛罗伦萨的花园？

或者是皇村宏伟的公园，
那里，不安阻住了你的去路？

或者看见了跪在你膝下的那个人，
他为了白色死亡而拒斥你的魅力？

不，我看见的只是墙壁——墙壁上，
倒映着天空逐渐消散的光芒。

1913

那是一年的第五季

那是一年的第五季，
你只需对它尽情赞美。
请呼吸最后的自由，
因为这就是——爱情。
天空高高地向上升起，
事物的轮廓多么轻淡，
而身体也已不再庆祝
自己忧伤的周年纪念。

1913

一串细小的念珠挂在脖子上

一串细小的念珠挂在脖子上，
双手藏在宽大的袖笼中，
眼睛心不在焉地随意张望，
它们再也不会流出眼泪。

由于这件淡紫色的绸衣，
我的脸颊显得更加苍白，
我那不曾烫卷的刘海
向下耷拉，几乎垂到了眉毛。

这种缓慢的步伐，
一点儿也不像飞行，
仿佛脚底踩着木筏子，
并非方形的木地板。

黯淡的嘴唇微微张开，
不均匀的呼吸如此困难，
未能发生的约会之花
在我的胸口轻轻打战。

1913

我知道，我知道——滑雪板

我知道，我知道——滑雪板
又在单调地嘎吱作响。
褐红的月亮浮起在蓝色的天空，
草地欢快地向前倾斜。

宫殿的窗户灯火辉煌，
被静寂远远地隔开。
既没有大道，也没有小径，
唯有漆黑的冰窟窿。

垂柳，你这美人鱼般的小树，
不要妨碍我上路！
白雪的树枝栖停着黑色的寒鸦，
请让寒鸦安静地栖息。

1913

我生得不迟，也不算早

我生得不迟，也不算早，
这是一个幸福的时间，
只是上帝并不允许我的心
可以毫无欺骗地生活。

所以，正房里一片漆黑，
所以，我的朋友们，
就像黄昏悲伤的小鸟，
歌唱从来没有的爱情。

1913

1913年11月8日

太阳用灼热和透明的
尘埃填满了房间。
我醒来并想起：
亲爱的，今天是你的节日。
所以，窗外白雪皑皑的
远方如此温暖，
所以，我，一个失眠者，
如同领圣餐一般酣睡。

1913

闲游

羽毛轻触马车的篷顶。
我瞥了一下他的眼睛。
心忍受煎熬，甚至不知
自己痛苦的原因。

在云朵密布的天穹下，
黄昏无风，为忧愁笼罩，
仿佛用墨汁在旧画册上
绘出一座勃隆森林。

汽油与丁香混合的气味，
高度警觉的安谧……
他用那只几乎不曾战栗的手
再一次触碰我的前膝。

1913

并没有人走下台阶

……并没有人提着灯笼，
走下台阶迎接我。
在恍惚的月光照耀下，
我走进安静的屋子。

在绿色的灯光下，
面带僵硬的笑容，
朋友低声说：“灰姑娘，
你的嗓音多么奇怪……”

壁炉的火焰逐渐熄灭；
蛐蛐烦躁地唧唧鸣叫。
啊！我那一只白色小鞋，
有人取走作为纪念。

他给了我三枝石竹花，
连眼皮都不曾抬起。
哦，亲爱的证物，
我能将你们收藏在哪里？

我的心儿知道，
期限已临近，临近，
他会千方百计地
比量我那只白色小鞋。

1913

代替理智的是经验

——致弗·斯列兹涅夫斯卡娅

代替理智的是经验——是无味的
解不了渴的饮料。
而逝去的青春——仿佛礼拜天的祈祷……
我又如何能将它忘掉?

与那些我没有亲近感的人一起,
走过那么多荒芜的路径,
我在教堂弯身鞠过那么多次躬,
只为那个曾经热恋我的人。

我成了一切健忘者中最健忘的人,
岁月悄悄地漂流。
那未曾亲吻的嘴唇,不曾微笑的眼睛,
从此再也不能向我归还。

1913

我来到诗人家里做客

我来到诗人家里做客，
恰好是正午，星期天。
宽敞的屋子十分安静，
而窗外是彻骨的寒冷，

在蓬松的瓦灰色烟雾之上，
一轮殷红的太阳……
沉默寡言的主人，
目光炯炯地把我端详！

他有一双怎样的眼睛啊，
让人永远无法忘怀，
我呀，最好还是小心点，
根本不要去看它们。

可是，谈话却铭感于心，
雾蒙蒙的正午，星期天，
在高耸的灰房子里，
濒临涅瓦河的出海口。

1914

白夜

天空呈现一片恐怖的白，
而大地如同煤炭和花岗岩。
在这枚枯瘦的月亮之下，
已经没有什么在发光。

女性的声音，沙哑而激昂，
简直不是歌唱——而是在喊，在叫嚷。
我的上空不远是黑色的杨树，
没有一片树叶在窸窣作响。

莫非我是为此才吻了你，
莫非为此爱着你，痛苦不已，
为的是如今我怀着一腔厌恶
平静而疲惫地回忆你？

1914

在喀山或者沃尔科夫一带

在喀山和沃尔科夫一带，
时间前来购买土地。
嗨！在北方如同绸缎的天空下，
入睡是如此轻松，如此清凉。

新桥尚未完全建成，
冬天也没有返回，
锦缎的流苏优雅地
遮住了我的手臂。

我丝毫不会惊扰快乐，
也不会召唤任何人
在新挖的壕沟中，我独自一人
收拾一个新居。

1914

遗嘱

你要做我全权接受的继承人，
在我屋里生活，唱我编制的歌曲。
力量还在如此缓慢地减弱，
痛苦的心胸如此需要新鲜的空气。

朋友的热爱，敌人的憎恨，
我茂密花园黄色的玫瑰，
恋人灼热的柔情——所有这一切
我都赠予你——黎明的先驱。

还有荣誉，我为此而生的荣誉，
我的星星为此而像一股旋风盘旋上升，
而今降落。看哪，它的降落
预言了你的统治、爱情和灵感。

珍藏我那些慷慨的遗产，
你要长久而有尊严地活下去。
一切都会如此。你瞧，我很平静。
你将会幸福，但你须记住我。

1914

因为我大力颂扬过罪愆

因为我大力颂扬过罪愆，
我尽情地赞美过叛徒，
我便从夜晚的天空
谪落到这枯旱的旷野。

我起身。就这么走进了
别人的屋子，把它当成自己的，
我从七月的旷野上带来
苦涩而凶险的倦怠。

我成为孩子的母亲，
一位歌者的妻子。
但是，山风打着嘶哑的呼哨
对我愤怒地紧追不舍。

1914

他用黑炭在左肋上

他用黑炭在左肋上
做了记号，便于射击，
为了让那只小鸟——我的忧伤
再一次飞进空旷的夜。

亲爱的！你的手不要颤抖。
我已忍耐不了多久。
我的忧伤——这一只小鸟
正坐在树枝上开始放歌。

为的是那个静待家中的人，
打开了窗户，说道：
“熟悉的声音，但我不明白在唱什么。”
然后，就低垂下眼睛。

1914

我不祈求你的爱情

我不祈求你的爱情。
如今它身处可靠之地。
请相信，我不会再给你的
未婚妻写去嫉妒的信件。
但请接受明智的建议：
让她读一读我的诗歌，
让她保存我的肖像，
这些未婚夫多么可爱！
而这些傻瓜们更需要的是
关于胜利完全的意识，
超过友谊开心的座谈
和对最初的温情之回忆……
当你亲爱的女友同居
享受着幸福的铜币，
而对于腻味的灵魂来说，
一切很快将变得可厌。
请不要走进我庄严的
夜晚。我不认识你。
我能帮你什么忙？
幸福的病疾我无法治愈。

1914

纪念 1914 年 7 月 19 日

我们都衰老了一百年，这
仅仅发生在一个时辰内：
短暂的夏季已经结束，
翻耕过的平原之躯冒起烟雾。

安静的道路突然五光十色，
哭声飘飞，脆响如同碰撞的银器，
我捂住了脸，向上帝祈求
在第一次战役之前就被杀死。

歌曲与激情的影子从记忆中
消失，就像而今多余的负担，
上帝的旨意让空余的记忆
成为雷霆的信息那恐怖的书卷。

1914

白房子

寒冷的太阳。在阅兵式上
士兵们齐步、齐步走过，
我喜欢这一月的正午，
我的不安得以缓解。

我记得这里的每一根树枝，
它的每一个投影。
深红的光透过薄霜的
白色网格滴落下来。

这里的房子几乎全是白色，
玻璃制造的台阶。
多少次我抬起僵硬的手
叩击叮当响的门环。

多少次……士兵们，玩耍吧，
而我找到了自己的屋子，
借助缓斜的屋顶，借助
永生的常春藤，我辨认出这房子。

可是，是谁将它悄悄地挪移，
带到了陌生的城市，
或者从记忆中抽出一条道路
永远通向那个地方……

远处的牧笛归于沉寂，
雪花飞舞，恰似樱桃的花瓣……
哦，显然，没有人知道，
已经不再有那座白色的建筑。

1914

客人

一切宛如从前：暴风雪
飘起的碎屑击打餐厅的窗户，
我自己尚未变成新人，
就有一个人走到我的跟前。

我问道："你想要干什么？"
他说："与你一起同堕地狱。"
我笑了起来："看来，你
在预言我俩未来的不幸。"

但是，他抬起一只枯瘦的手，
轻轻地触碰一下鲜花：
"请告诉我，别人怎样吻你，
告诉我，你又怎样把别人亲吻。"

一对混浊无神的眼睛
凝视着我手上的那只戒指。
那张乐观、凶煞的脸庞
连肌肉都没有一丝耸动。

哦，我明白，他的乐趣——
就是迫不及待地了解
那些他根本不需要的东西，
我也没必要拒绝的事物。

1914

离群索居

人们向我投来那么多石子，
以至于我根本不再害怕，
陷阱变成了挺拔的塔楼，
那高耸的塔楼最高的一座。
我感谢这塔楼的建造者，
祈愿他们的烦恼与悲伤尽数消失。
从这里我可以一早看到朝霞，
看到阳光举行最后的庆典。
来自北方海洋的风儿
经常吹进我卧室的窗口，
鸽子在我的手上啄食麦粒……
缪斯有一只黝黑的纤手，
出奇地安静与轻捷，但它写完的
并不是我所完成的篇章。

1914

爱情的记忆

爱情的记忆，你多么沉重！
我在你的迷雾中歌唱和燃烧，
对他人而言——这不过是一团火，
可以温暖逐渐冷却的心。

可以温暖饱食厌腻的身体，
他们需要我的眼泪……
上帝，我是否在为此而歌唱，
我是否在为此而领受爱情的圣餐！

且让我饮尽这杯毒酒，
我从此就变成一个哑巴，
请用那遗忘的光芒
洗刷我不名誉的荣誉。

1914

回答

——致弗·洛辛斯基

四月宁谧的日子
给我带来如此奇特的话语。
你知道，我的体内
还存活着那一周恐怖的激情。

我没听到那些铿锵的声响，
它们泅浮在纯净的蓝天。
这七天时而发出铜质的笑声，
时而又流淌白银的哭泣。

而我，双手捂住面孔，
仿佛面对永远的离别，
躺下去，将它等待，
那不曾被痛苦所命名的事物。

1914

可怖的河畔

可怖的河畔，一座黢黑的城市
成了我的幸福的摇篮，
成了我隆重的婚床，
你那些年轻的六翼天使们，
在婚床的上方手持花环，
为痛苦的爱情所青睐的城市。

你是我祈祷时的供奉台，
你威严、平静而迷离，
未婚夫首次在那里向我现身，
他为我指示了光明的道路，
哦，我忧伤的缪斯，
引领我，像扶持一个盲人。

1914

古老的城市仿佛已经死寂

古老的城市仿佛已经死寂，
我的来临非常诡异。
在自己的河流之上，弗拉基米尔
举起了一个黑色十字架。

喧闹不已的菩提树和榆树
让花园一片幽暗，
星星放射针状的钻石之光，
飞升直抵上帝。

我的牺牲与荣光的道路
要在此终结。
唯有与我比肩的你和我在一起，
还有我的爱情。

1914

离别

我面前有一条倾斜的路，
暮色将它笼罩。
就在昨天，心上人
还在说："不要将我忘掉。"
而今只有风
以及牧羊人的叫声，
清澈的山泉旁
那些焦躁不安的雪松。

1914

尘世的荣誉恰似云烟

尘世的荣誉恰似云烟，
我并不祈求这一点。
我把这份幸福带给
我所有的情人。
有一个现在还活着，
正热恋自己的女友，
另一个已成了青铜塑像，
伫立在白雪皑皑的广场。

1914

在人们的亲近中存在隐秘的界限

在人们的亲近中存在隐秘的界限，
爱慕和激情也不能将它跨越——
哪怕嘴唇在不安的寂静里相互融合，
哪怕心灵由于爱情而一片片碎裂。

友谊在此软弱无力，崇高
与炽热的幸福填充了岁月，
灵魂是自由的，不懂得
情欲那迟缓的慵懒。

它的追求者丧失理智，而它的
占有者却因此苦恼不堪……
如今，你该明白，为什么
我的心脏不在你的手掌下跳动。

1915

我们失去语言的清新和情感的质朴

我们失去语言的清新和情感的质朴，
便如同画家丧失了他的视力，
或者如同演员丧失了嗓音和动作，
如同美人儿丢失了她的美丽？！

不过，也无须竭力为自己储存
那一份上苍赐予的礼物：
我们自己应该明白 —— 它注定
不是被积累，而是要被挥霍。

你应该独自前行，疗治盲人，
为的是在充满疑惑的沉重时辰，
辨认出中学生的幸灾乐祸
和普通百姓的冷漠无情。

1915

就像未婚妻

就像未婚妻，每个黄昏
我都会收到一封信，
我给自己的朋友写回复，
一直到半夜三更。

“穿越茫茫夜路，
我到死神那里做客。
我心爱的人儿，请别
在世间对任何人作恶。”

一颗巨大的星星，
在两根树干的中间，
那样平静地答应
去实现那些梦想。

1915

缪斯沿着山道离开了

缪斯沿着山道离开了，
那是秋天狭窄、陡峭的小路，
她黝黑的脚踝上
溅满了大颗大颗的露珠。

我久久地央求她，
和我一起等待冬天。
她却说道：“要知道，这儿是坟墓，
你怎么能够自由地呼吸？”

我希望送她一只鸽子，
鸽群中最白的那一只，
但鸟儿自己飞起来，
追随我那美丽的客人。

我默默望着她的背影，
我仅仅爱她一个，
而天空浮现一片霞光，
仿佛通向她的王国的大门。

1915

我不知道你是生还是死

我不知道你是生还是死——
在地球上是否还能把你寻找，
或者只能伴随黄昏的沉思
点燃蜡烛将亡魂追悼。

一切因你而在：白昼的祈祷，
失眠时分慵懒的暑热，
我诗歌放飞的白色鸟群，
我眸子蓝色的烈火。

不再有人是我内心的秘密，
也不再有人能令我揪心，
哪怕曾给予我痛苦的人，
哪怕曾爱抚我并忘掉我的人。

1915

1913 年 12 月 9 日

一年中最黑暗的日子
应该成为最明亮的时光。
我找不到比喻的单词——
形容你如此温柔的嘴唇。

只是你不许抬起眼睛，
珍藏好我的生命。
它们比最初的紫罗兰更灿烂，
却是我致命的利箭。

我顷刻明白，不需要言辞，
雪花覆盖的树枝很轻……
捕鸟人已经张开了罗网，
在这河岸上。

1915

我看见

我看见，我看见月亮的弓
透过茂密的爆竹柳叶丛，
我听见，我听见尚未钉掌的
马蹄均匀的踢踏声。

什么？你也不想睡，
一年之中不能忘记我，
你已经不习惯
空荡荡躺在自己的床上。

难道我不是在和你说，
用猛禽尖厉的叫声，
难道我不是看着你的眼睛，
从黯淡、白皙的书页。

在安静的住宅旁边，
你为何转悠，像一个小偷？
或者你还记得约定，
等待那个活泼的我？

我入睡。月亮向着
窒闷的黑暗投进了锋刃。
又响起叩击声。我温暖的心
如此剧烈地跳动。

1915

在空楼冻结的屋顶下

在空楼冻结的屋顶下，
我不再计算死寂的日子，
我阅读使徒的行传，
阅读大卫写下的圣诗。
但星星发着蓝光，但霜花蓬松，
每一次相聚都愈加神奇——
而在圣经中每一片枫叶
都被放进了雅歌。

1915

我依然梦见山峦起伏的巴甫洛夫斯克

我依然梦见山峦起伏的巴甫洛夫斯克，
圆形的草坪，寂然不动的死水，
它极为慵懒，树荫极为繁密，
要知道，我任何时候都无法忘却。

当你驱车进入生铁铸制的大门，
一种惬意的战栗会掠过你的身体，
你不再是活着，而是欣喜和开始梦游，
或者说完全按照另一种方式活着。

晚秋时节，清新而刺骨的风
在徘徊，并且为杳无人迹而兴奋。
黑色的云杉蒙上一层雪白的秋霜，
在有些融冻的积雪中屹立。

并且，为火热的呓语所充盈，
亲爱的声音如歌似的响起，

而在演奏基法拉琴[1]的乐手肩膀上，
栖停着一只红胸脯的小鸟。

1915

① 基法拉琴，古希腊的一种乐器。

你为什么要如此佯装

你为什么要如此佯装，
时而是风，时而是石头，时而是鸟？
你为什么要变成染血的
闪电，从天空向我微笑？

再也不要折磨我，不要触痛我！
任凭我为不祥的事情烦恼……
醉醺醺的火焰左右摇摆，
在干涸了的灰色沼泽地上。

缪斯蒙着一条破旧的头巾，
拖长了声音忧伤地歌唱。
在残酷和青春的悒郁之中，
存在着她的创造力。

1915

我从你的记忆中抽出这一天

我从你的记忆中抽出这一天，
为的是向你无助而迷蒙的眼神打听：
哪里我曾见到波斯的丁香花，
哪里见到过燕子和木头的小屋？

哦，你常常在回忆中想起
无名愿望那突发的忧烦，
在催人幽思的城市里寻找
那条地图上不曾勾勒的街道！

只要收到每一封偶来的信件，
听到微启的门后那一个声音，
你就会寻思："这是她亲自
前来救援我的不自信。"

1915

我不再微笑

我不再微笑，
寒风冻结了嘴唇，
变得少于一个希望，
却大于一支歌。
面对嘲笑与辱骂，
我不由得献出这支歌，
为此，这爱的沉默
让灵魂更加难以忍受。

1915

不是秘密，也不是悲伤

不是秘密，也不是悲伤，
不是命运聪慧的意愿——
这些秘密的约会
总是留下斗争的印象。

我从清早就已猜到
你走进我家的时刻，
在你指节弯曲的双手中，
我感到了刺痛的微颤。

我用枯瘦的手指
不停搓揉彩色的桌布……
那一刻，我已经明白，
这个地球过于狭小。

1915

你没有给我承诺

你没有给我承诺，既不以生命，也不以上帝
甚至也没有用我秘密的预感。
为什么在黑夜里，你站在漆黑的门槛前
迟疑不前，仿佛为幸福而烦恼？
我不会出来，也不会叫嚷：“哦，要成为我的唯一，
你必须与我在一起，直到生命最后的时光！”
我只是用天鹅的嗓音
对你讲述不公正的月亮。

1915

这次相会没有人能吟唱

这次相会没有人能吟唱，
而没有歌唱，悲伤也就平息。
清凉的夏天正在来临，
仿佛开始了一种新生活。

天空就如同石砌的拱顶，
被黄色的火光灼伤，
我需要关于它的唯一的词，
甚至超过必须的面包。

你，给青草洒上点点露珠，
用新消息来激活我的灵魂——
不是为了情欲，不是为了消遣，
而是为了尘世伟大的爱情。

1916.5.17

一切被夺走：力量，爱情

一切被夺走：力量，爱情。
在可厌的城市里，太阳不喜欢
被抛弃的身体。我觉得，体内的
血液已经完全变得冰冷。

我不了解快乐缪斯的性情：
她瞅了一眼，却默不作声，
神情疲惫，戴着深色花冠的
脑袋，低垂到我的前胸。

只有良心变得愈益恐怖地
疯狂：期盼伟大的奉献。
我捂住脸，我回答她……
但不再有泪水，不再有辩解。

1916

仿佛一块白石在深深的井底

仿佛一块白石在深深的井底，
一个记忆静卧在心底，
我不能也不想与之抗争：
它是快乐，它又是忧悒。

我觉得，谁只要就近看我一眼，
马上就能洞悉所有的隐情。
这悲伤的故事使聆听者
变得愈加伤感、愈加深沉。

我明白，天神把人变成物质，
却并没有扼杀他们的意识。
那奇妙的悲痛永远存在，
你只是转变成了我的记忆。

1916

皇村雕像

——致尼·弗·涅

槭树的叶子凋落，
正在飘向天鹅的池塘，
晚熟的一串串花楸果，
以血红笼罩灌木丛。

她的身材出众地匀称，
蜷起不怕挨冻的双足，
她坐在北方的石头上，
眺望着一条条道路。

我感到一种朦胧的恐惧，
在这位被歌颂的少女面前，
逐渐暗淡的光线
在她的肩膀上嬉戏。

而我如何能够宽恕她
欣喜地接受你恋慕的赞美……
你瞧，她连忧伤都显得快乐，
她的裸露是那样美丽。

1916

歌之歌

她开始被点燃，
像一缕寒冷的微风，
然后又跌落心底，
像一滴咸涩的眼泪。

恶毒的心开始
怜悯什么。它变得抑郁。
可是它永远不会
忘记这微妙的痛苦。

我只管播种。收获
就留待他人。那又如何?
哦，上帝！请赐福
那欢呼着的收割队伍。

为了对你感恩，
我力求更加完美，
请允许我呈献给世界
让爱情更为不朽的事物。

1916

我知道，你是我的奖励

我知道，你是我的奖励，
为着这些年的痛苦与劳作，
为了我从来不曾沉迷于
那些尘世间的乐趣，
为了我不曾对自己的
恋人说一声“你真可爱”。
为了我对众人原谅了一切，
你将成为我的天使。

1916

黑色的道路蜿蜒前伸

黑色的道路蜿蜒前伸，
下着蒙蒙细雨，
有人请求
护送我一下。
我同意，但忘记
瞧他一眼，
然后，回忆起
这条道路就如此奇怪。
烟雾缭绕，仿佛手提香炉
冒出一缕缕祭香。
旅伴以小调直接刺痛了
我的心。
我记得古老的大门
和路的尽头——
与我同行的某人
对我说道：“请原谅……”
像一个亲兄弟似的
将铜制的十字架递到我手上……
而我到处都听到
草原小调的声音。

啊，我在家犹如流落在外——
我哭泣和伤心。
给我一个回应吧，我的陌生人，
我正在寻找你！

1916

现在和过去我都喜欢

现在和过去我都那么喜欢
眺望铁链紧锁的河岸，
眺望那阳台，数百年
都没有人迹抵达。
诚然，你——是首都，
对于疯狂和快乐的我们而言；
可是，当那个特殊、纯洁的时间
在涅瓦河上空绵延的时候，
五月的春风吹来，
掠过所有耸立水面的圆柱，
你——像一个罪人，在弥留之际
见过最为甜蜜的天堂之梦。

1916

如今没有人再去听什么歌曲

如今没有人再去听什么歌曲。
预先警示的日子已经来临。
我的最后一支歌，世界不复神奇，
不要铮铮响地撕扯我的心脏。

不久前，你还是一只自由的燕子，
完成你每天早晨的飞行，
而今你已成为饥饿的乞丐，
你叩不开陌生人的大门。

1916

整个一周我没和人说过一句话

整个一周我没和人说过一句话，
我只是坐在海边的礁石上，
我很喜欢碧浪溅起的飞沫，
咸涩，如同我的眼泪。
过去了多少个春与冬，不知怎么
我记得的唯有一个春天。
夜晚逐渐变暖，积雪正在融化，
我走出家门仰望月亮，
一个陌生人悄悄地问我，
在松树林中曾见过一面：
“难道你不是我到处寻找的人，
从少年时代便一直牵挂你，
像亲妹妹一样为你快乐和忧伤？”
我回答陌生人：“不是的！”
但我向他伸出了双手，
犹如普天之下的光亮将他照耀，
他给了我一只神秘的钻戒，
希望守护我不受爱情的惊扰。
他还告诉我一个国度的四个标志，
我们应该在那里重新会面：

大海，圆形港湾，高耸的灯塔，
而最必不可少的是——艾蒿……
而生活如何开始，就让它如何结束。
我回答已经知晓，阿门！

1916

二十一日，夜，星期一

二十一日，夜，星期一。
夜幕下的首都朦朦胧胧。
一个无所事事者随手写道：
这世界上存在着爱情。

出于懒惰，或者是出于无聊，
大家就这么信了，并照此生活：
盼望着相会，担心着离别，
还吟唱起一支又一支情歌。

可是，奥秘却向另一些人敞开，
寂静就在他们身上栖息……
我是偶然间撞上了此事，
从此便一直焦躁不安。

1917

破晓时分醒来

破晓时分醒来，
是因为被快乐所窒息，
从舱室的窗口望去，
一片碧绿的波涛，
或者是阴天登上甲板，
披着松软的皮袄，
聆听马达的喧嚣，
什么都不去思想，
只是预感有奇遇，
见到我命定的星星，
由于海水，由于微风，
每一刻变得更加年轻。

1917

傲慢把你的精神变得黯淡

傲慢把你的精神变得黯淡。
所以，你就不曾了解光明。
你说，我们的信仰——是梦，
这个首都—— 不过是幻影。

你说——我的国家有罪孽，
而我说——你的国家不信神祇。
且让罪愆趴伏在我们身上，
一切尚可救赎，一切尚可修葺。

你的周围——有水，有鲜花。
你为何还来骚扰贫穷的女罪人？
我知道你身罹沉疴的诱因，
你寻求死亡，却又害怕真有结果。

1917

我梦见

我梦见——人的声音
再也不会在此地响起，
唯有石头世纪的风
击打黑色的大门。
我梦见，在这片天空下，
唯独我一人安然无恙——
因为，我是第一个
希望喝干致命的毒酒。

1917

神秘的春天还是那么慵懒

神秘的春天还是那么慵懒，
透明的风在山峦间游荡，
幽深的湖泊闪烁蓝光——
那是施洗者非人工的庙堂。

你被我们初次的幽会所惊吓，
而我已在祈求第二次相见，
今天又是一个炎热的黄昏——
山峰之上的太阳变得那么低矮……

你没和我在一起，但这并非离别：
每一个瞬间——于我都是庆典的信息，
我知道，你身上有如此的痛苦，
以至于你说不出一个单词。

1917

别人的俘虏

别人的俘虏！我不需要别人的俘虏，
我甚至懒得清点自己的俘虏。
可是，为什么看见这樱桃红的嘴唇，
我仍会产生如此大的快乐？

让他去诽谤我，让他去诋毁我吧，
我在他的话语中听到了压抑的幽怨。
不，他永远不可能强迫我去考虑，
说什么他狂热地爱上另一个女人。

在经历天堂般神秘的爱情之后，
我永远都不可能相信
他会重新躁动地大笑和痛哭，
并且诅咒我给予的亲吻。

1917

你总是那么神秘和时新

你总是那么神秘和时新，
我与日俱增地对你柔顺。
但你的爱情，哦，严厉的朋友，
却是一种铁与火的考验。

你不让我歌唱，不让我大笑，
而且很早就禁止我祈祷。
只要我能够与你厮守在一起，
其他一切都不算什么。

于是，我不再了解大地与天空，
我活着，再也不能歌唱，
仿佛无论在地狱还是在天堂，
你都剥夺了我自由的灵魂。

1917

一个声音向我传来

一个声音向我传来。它安慰我，
对我说道："到这儿来吧，
离开你荒凉、罪恶的故乡，
永远离开俄罗斯。
我会洗净你手上的血污，
剜除你心头黑色的耻辱，
我以新的名字来覆盖
失败的创痛和屈辱。"

但我漠然，不为所动，
用双手捂住了耳朵，
以免这些卑劣的言辞
将我哀伤的精神玷污。

1917

这很简单，这很清晰

这很简单，这很清晰，
所有人都明白，
你根本不爱我，
从来就没有爱过。
为什么我要如此
关心一个陌生人？
为什么，每个黄昏
我都要为你祈祷？
为什么，我抛弃朋友
和鬈发的小男孩，
抛弃我心爱的城市，
和生养我的故乡，
在这个异国的都城，
像黑衣乞丐似的流浪？
哦，只要想一想便快乐，
我可以见到你！

1917

不再有诱惑

不再有诱惑。诱惑在寂静中存活，
它折磨虔诚的持斋人，压迫圣者。

五月的子夜，在年轻修女的头顶，
有一只受伤的雏鹰发出刺耳的叫声。

但是，这些好色之徒与可爱的女罪人
并不知晓有一双铁手残酷的拥抱。

1917

冰块铮铮喧响着漂流

冰块铮铮喧响着漂流，
天空不可救药地苍白。
啊，为什么你要惩罚我？
我不知道犯了什么过错。

倘若需要——请你杀了我，
只是不要冷酷地对待我。
你不想和我生养孩子，
你也不喜欢我的诗歌。

一切由你安排：随便！
我会信守自己的承诺，
我把生命交给你，但忧愁
我随身携带进坟墓。

1918

这个世纪比过往的时代更糟糕

这个世纪比过往的时代更糟糕？难道
在悲伤和不安的眩晕状态中，
它只是轻轻触及黑色的溃疡，
却根本无力将其治愈。

尘世的太阳已经在西方闪亮，
城市的屋顶在夕照中发出反光，
白房子在此用十字架做出记号，
它呼唤乌鸦，乌鸦应声飞翔。

1919

我向布谷鸟探询

我向布谷鸟探询，
我能够活过多少岁……
松树的梢头在颤动，
一道黄光落在草丛上，
但清新的密林一片阒寂……
我走回家，
一丝清凉的风轻拂
我灼热的额头。

1919

对你百依百顺?

对你百依百顺？真是痴心妄想！
我仅仅服从上帝的意旨。
我不愿忐忑不安，不愿逆来顺受，
丈夫是刽子手，他的家是监狱。

可是你瞧瞧，我却自投罗网；
十二月来临，北风在旷野上呼啸，
受到你的囚禁，依然那么明朗，
而黑暗在窗外严密地守卫。

如同小鸟在阴晦的冬季，
它撞击着透明的玻璃，
白色的翅膀染满了斑斑血迹。

如今我内心充满了宁静和幸福，
别了，温和的人儿，你收留过我，
这浮萍般漂泊的女郎，我永远感激你。

1921

一切被侵吞，一切被背叛，一切被出卖

一切被侵吞，一切被背叛，一切被出卖，
黑色死神的翅膀在闪烁，
一切被饥饿的忧愁给啃光，
我们又如何能有什么光明?

城外杳无人迹的森林
白天飘动着樱桃的气息，
七月天空透明的高空，
夜晚闪烁着新的星座。

就这样，奇迹走近了
那些坍塌的房屋……
没有人、没有人知道，
这可是我们亘古所期盼的。

1921.7

终于得以成功地分手

终于得以成功地分手，
可以扑灭那冷却的火焰。
我永恒的敌人，是时候
去真正把一个人眷恋。

我自由了。一切是娱乐——
深夜，缪斯循迹给我慰安；
而清晨，荣誉蹒跚着前进，
仿佛铃铛声萦绕在耳畔。

不需要为我做什么祈祷，
你走吧，也无须回头……
黑色的风令我归于平静，
金色的落叶让我享受。

我把离别当成礼物接纳，
将忘却看作一种幸福。
但请你告诉我，你怎敢
把另一个推进十字架的痛苦？

1921 年 8 月 29 日　皇村

今天是斯摩棱斯克的命名日

今天是斯摩棱斯克的命名日，
蓝色的香雾在青草上缭绕，
祭祷的歌声在流淌，
并不悲伤，却十分明快。
面色红润的寡妇携儿带女，
前来凭吊父亲的亡灵，
而墓地——夜莺的灌木丛，
在普照的阳光下，一片宁静。
我们抬来银白色的灵柩，
送给最为圣洁的圣母，
送给斯摩棱斯克的守护神，
我们的太阳，它在痛苦中陨落——
亚历山大，纯洁的天鹅。

1921.8

恐惧

恐惧，在黑暗中忙乱地收拾东西，
月亮的光线涂抹着斧子。
墙壁背后传来不祥的敲击声——
那是什么？老鼠、幽灵还是小偷？

在窒闷的厨房里泼溅水花，
计算着摇摇晃晃的地板，
有着亮闪闪的黑色大胡子，
在顶楼的窗外一闪而过。

静息。他多么凶险，多么狡猾，
藏起了火柴，吹熄了蜡烛。
还不如让摩擦好的步枪
抵住我的胸口，闪烁着微光，

还不如在绿色的广场上，
在未曾油漆的木板架上躺倒，
伴随快乐的呼喊与呻吟，
流淌鲜红的血液，直到最后一滴。

我把光滑的十字架贴近心脏：
上帝，还给我灵魂以安宁！
从冰凉的床单上，令人晕眩地
散发出一股甜腻的腐烂味。

1921.8.27 — 28

哦，没有明天的生活

哦，没有明天的生活！
从每个字眼我都读出了背叛，
而逐渐消瘦的爱情之星
正在为我缓缓升起。

就这样不被觉察地飞走，
几乎在幽会中也不会感知。
夜又降临。再一次
在湿润的慵懒中亲吻肩颈。

我不再是你的心上人，
你漠然对我。而刑罚还在延续，
我就像一名女囚，忍受着
填满邪恶的爱情之折磨。

有时也像兄弟。你沉默、易怒。
但是，倘若我们的目光相对——
我将以天空起誓，
花岗岩也会在火中熔化。

1921

我们不再会面

我们不再会面。我们分属不同的阵营，
莫非你想叫我去那里，无耻的家伙?
那里有我伤口冒血的兄弟，
他曾接受过天使的花环。

无论是祈祷的笑容，
无论是你野蛮的咒骂，
无论是呆愣、朦胧的幽灵，
都不可能诱骗
我幸福无比的爱情。

1921

遥远的声音

1

他说过，我没有什么对手。
对他而言，我不是尘世的女人，
而是冬天太阳一道慰藉的光，
来自故乡的一支野性的歌谣。
当我死去，他不再忧伤，
不会疯狂地叫嚷："复活吧！"
但是，他会恍然大悟：失却太阳的身体
和失却歌声的灵魂，便不可能活下去。
——可如今又怎样呢？

2

在那个遥远的年代，爱情被点燃，
如同黑色的十字架，竖立在注定死亡的心上，
你不曾像可爱的小鸽子依偎
在我的胸口，而是像鸢鸟一般抓撕。
你是第一个背叛的女人，你用诅咒之酒
灌醉了自己的男友。
但此时你倒映在绿色的眸子里，
徒然向残忍的嘴唇祈求甜蜜的赠吻，

那样的诅咒你从来不曾听过，
也从来没有人说出。
那个向泉水中投毒的人
因为追随他走到了荒漠之中，
自身也迷失了方向，口渴难耐，
不能辨识黑暗中的甘泉。
他贴近冰凉的泉水，啜饮死亡，
但死亡是否真能解除这焦渴？

1921

你长久的注视令我疲惫不堪

你长久的注视令我疲惫不堪，
我学会了自我折磨。
我是你的一根肋骨造就，
我又怎么能不爱上你？

古老的命运郑重地嘱咐，
让我做你快乐的姐妹，
而我已变得狡黠而贪婪，
是你最为甜蜜的女奴。

可是，当柔顺的我屏住呼吸，
依偎你比雪花更白的胸膛，
你睿智的心——祖国的太阳
又是多么欣喜若狂。

1921

诽谤

诽谤它到处都伴随着我。
我梦中都能听到它爬行的脚步，
在无情的天空下死灭的城市，
为了住宅和面包而漂泊，试碰运气。
诽谤的反光出现于所有人的眸子里，
时而像背叛，时而像纯洁的惊恐。
我不怕它。面对每一个新的挑战，
我对给予应有的、严厉的回击。
但是，我已预见到不可回避的日子——
清晨，朋友们来到我的跟前，
恸哭侵扰了我最甜蜜的梦境，
把圣像放在我逐渐冷却的胸口。
那时，它乘虚而入，无人知晓，
它贪得无厌的嘴巴在我的血液中
不知疲倦地清点未曾实施的欺凌，
把自己的声音编进追荐时的祈祷。
大家都清楚地听到它无耻的呓语，
为的是邻居不能抬眼去看邻居，
为的是我的身体放置于恐怖的空无，
为的是我的灵魂最后一次点燃

尘世的无力，在黎明时的迷雾中飞旋，
点燃对遗弃的大地纯朴的怜悯。

1921

哭泣的秋天

哭泣的秋天，像一名寡妇
穿着黑色的衣裙，迷雾笼罩整个心灵……
逐一揣摩男人的话语，
她再也不能止住恸哭。
一直会这样，直到歇下来的雪花
开始怜悯这悲痛而倦怠的女人……
要忘却痛苦，忘却愉悦——
为此生活付出的可真不少。

1921

湖对岸的月亮静止不动

湖对岸的月亮静止不动，
仿佛一扇敞开的窗子，
通向安谧、明亮的房屋，
那里似乎有点儿不妙。

是男主人的尸体被运回，
还是女主人跟着情人私奔，
抑或是年幼的女孩失踪，
在湖湾里找到一只小鞋子。

大地茫茫。我们预感到
可怖的灾难，马上噤口不言。
追荐的猫头鹰在鸣叫，
热风在花园里咆哮。

1922

前所未有的秋天建造了高高的穹顶

前所未有的秋天建造了高高的穹顶，
这个穹顶受命不能遮挡住云彩。
人们感到惊奇：九月的时节已经来临，
冰凉、潮湿的日子究竟跌落在哪里？
混浊的渠水变得一片碧绿，
荨麻的芬芳，比玫瑰更加浓郁。
魔鬼的红霞，不可忍受，令人窒息，
我们所有人都会终身铭记在心。
太阳就像一名闯入首都的暴徒，
春天似的秋天那么急切地抚爱它，
看起来仿佛是雪花莲泛着白光……
此刻，安静的你，踏上了我的台阶。

1922.9

这儿真美妙

这儿真美妙：窸窣声和噼啪声；
寒意一天比一天凛冽，
冰雪包裹的玫瑰花丛
在白色的火焰里弯下身子。
松软而空旷的雪野
留下雪橇的痕迹，仿佛一缕记忆，
在某个遥远的时代，
我和你双双从这里经过。

1922．冬

你为什么焦躁不安地徘徊

你为什么焦躁不安地徘徊?
你为什么屏住呼吸张望?
显然，你明白：两个灵魂
已经牢固地熔成一个。
没有一个人能够梦见
你将获得、获得我的慰藉，
你用疯狂的言辞加以侮辱——
变得痛苦的实际是自己。

1922

天鹅的风四下吹拂

天鹅的风四下吹拂，
天空在血红中透出湛蓝。
你爱情最初的时光
已成为周年的纪念来临。

你摔碎了我的酒杯，
岁月飘逝，恰似流水，
为什么你不会老去，
你的英俊宛如当初？

温柔的声音甚至更洪亮，
唯有时间的翅膀
在你安详的额头上，
添上雪白的荣誉之秋霜。

1922

他对我耳语

他对我耳语：“我不惜
用这样的方式表达爱情——
或者成为我的全部，
或者我将你毁灭。”
你黑色的嫉妒
这最无聊的理由，
这么多天不间断地
在我头顶像牛虻似的嘤叫。
痛苦窒闷，但尚未窒息，
自由的风吹干泪水，
而快乐，只要稍稍爱抚
可怜的心，就获得了安慰。

1922

最好能大病一场

最好能大病一场，在高烧的梦呓中，
可以与所有人再一次相见，
在充满了风与阳光的海滨花园，
沿着开阔的林荫道漫步。

甚至连死者也同意光临，
还有流放犯也聚集在我的家。
请你牵起孩子的小手来吧，
长久以来我一直将他牵挂。

我要和亲人们共同享用蓝色的葡萄，
一起畅饮加冰的美酒，
一起欣赏灰色的瀑布如何流向
乱石丛生的谷底。

1922

这就是北方的海岸

这就是北方的海岸，
也是我们灾厄与荣光的边界——
我不明白，你是因为幸福
抑或痛苦，而趴伏在我的脚下哭泣。
我再也不需要那些命中注定的——
俘虏、人质和奴隶，
唯有令我亲近的人和坚强的人，
我才与之分享面包与屋顶。

1922

致许多人

我——是你们的声音，你们喘息的热气，
我——是你们容颜的映像，
无用的翅膀即使拍打也是无用，
要知道，我反正与你们相伴直到尽头。

这就是为什么你们如此狂热地爱着我，
这个灾难深重而又孱弱的女人；
这就是为什么你们会义无反顾地
将你们的儿子中间最好的一个赠予我；
这就是为什么你们甚至从来
都不着一词探听过关于他的消息。
我永成废墟的那一间屋子
被煤烟似的赞誉整个儿缭绕。
人们说——没有比这个结合得更紧密，
没有比这个爱得更不可救药……

仿佛影子要脱离身体一样，
仿佛肉体与灵魂告别一样，
而今，我也希望——被人们遗忘。

1922

新年叙事谣

月亮在云雾中闲得无聊，
把混浊的目光投入正房，
餐桌上摆着六套餐具，
只有一套餐具没有食物。

这是我的丈夫，我，还有
我的朋友在迎接新年。
为何我的手指仿佛沾满鲜血，
葡萄酒灼烫如同毒液？

男主人显得高傲而稳重，
举起斟满的酒杯说道：
“为我们的故土干杯，
我们大家都将在其中躺下。”

有位朋友瞥了瞥我的脸，
上帝知道他想起了什么，
大喊：“我为她的歌声干杯，
我们大家都在其中生活！”

但第三位朋友什么都不知晓，
他已告别这个世界，
针对我的胡思乱想低声
回应：“我们应该为那个人干杯，
他与我们再也不在一起。”

1923

缪斯

深夜，我期待着她的光临，
生命，仿佛只在千钧一发间维系。
面对这位手持短笛的贵宾，
荣誉、青春和自由都不值一提。
啊，她来了。掀开面纱，
目不转睛地打量着我。
我问道：“是你，向但丁口授了
地狱的篇章？”她答道：“是我。”

1924

致一位艺术家

我仿佛依然目睹你的劳作，
你那些美妙无比的作品：
永远带着秋色的菩提树，
创造之水今日调出的金与蓝。

想一下吧，最浅微的瞌睡
已经将我引进你的花园，
我在那里诧异于你的拐弯处，
在失忆中寻找你的踪迹。

难道我将走进你变形的穹顶，
你的手已将它转化成天空，
为的是我可厌的暑热逐渐冷却？

我在那里将变得十分幸福，
闭上我晒得发红的眼睑，
我在那里将重获眼泪的礼物。

1924

哦，我是否知晓

哦，我是否知晓，穿着一袭白衣的
缪斯走进我狭小的住所，
我灵活的双手将紧紧地依偎
永远如石头般僵硬的竖琴。

哦，我是否知晓，我灵魂的
最后一场风暴像游戏似的掠过，
面对最出色的青年，我恸哭，
将闭上鹰一般锐利的双眼。

哦，我是否知晓，当我为功名所累，
我在进行神奇的冒险，
人们很快就会露出无情的嗤笑，
回应我临终前的哀求。

1927 年 5 月 30 日

这里，普希金的流放开始

这里，普希金的流放开始，
而莱蒙托夫的流放却在此结束。
这里，山上的野草散发清香
唯有一次，我得以看见，
在湖畔，在悬铃木的浓荫下，
在临近黄昏的残酷时辰——
塔玛拉那个不朽的情人
那只永无餍足的眼睛在扑闪。

1927

倘若月亮四下泼溅恐怖感

倘若月亮四下泼溅恐怖感，
整个城市就沉浸在有毒的溶液中。
没有一丁点可能入睡的希望，
透过绿色的烟雾，我观看的
不是我的童年，不是大海，
也不是蝴蝶举行大婚的飞翔，
在一片雪白的水仙花之上，
就在那个一九一六年……
而是你坟墓上的柏树
永远凝固的一个轮环舞。

1928

自童年就喜爱的那一座城市

自童年就喜爱的那一座城市，
今天，我仿佛觉得，
就像一笔被我恣情挥霍的遗产，
在它十二月的宁静中。

轻易便到手的一切，
也就会被轻易地给出去：
真挚的热情，祈祷的声音，
第一支歌的神赐——

一切飘逝如同透明的云烟，
一切都在镜子深处腐烂……
一个塌鼻梁的提琴手
开始演奏不可回返的事件。

但是，怀揣异国女郎的好奇心，
迷醉于每一件新生事物，
我欣赏雪橇如何飞驰，
凝神谛听我的母语。

幸福轻拂我的脸颊，
如同野性的清新与力量，
仿佛亘古以来的密友，
与我一起登上了台阶。

1929

两行诗

来自他人对我的赞美——不过是草芥，
来自你的，哪怕是咒骂——也是褒赞。

1931

为什么你们要污染这清水

为什么你们要污染这清水，
还往我的面包里撒尘土？
为什么你们要把最后的自由
变成了藏污纳垢的卖淫窟？
难道是因为，我并没有
去嘲弄朋友们悲惨的牺牲？
难道是因为，我一直
忠实于我那不幸的祖国？
行吧。碰不上刽子手和断头台，
人世间不会有这样的诗人。
我们应该穿上忏悔的衬衣，
应该举起了蜡烛去放声痛哭。

1935

莫非是他为我送来天鹅

莫非是他为我送来天鹅，
送来小船，或者黑色的筏子？——
一九一六年的春天，他
答应他很快就会回来。
他在一九一六年春天说道：
“我要穿越黑暗与死亡，
像一只小鸟风抵他的安宁，
用翅膀拨弄他的肩膀。”
而今，一九一六年春天，
他的眼睛还在对我微笑，
我又能怎么办！子夜的天使
与我热烈交谈，直到黎明。

1936

有人传递脉脉含情的眼神

有人传递脉脉含情的眼神，
另有人喝酒直到天光大亮，
而我整夜都在进行谈判，
与自己那颗桀骜不驯的良心。

我说道："我担起你的重负，
你是否知道已有多少年。"
但对它而言，不存在时间，
也不存在这尘世的空间。

又到了谢肉节漆黑的黄昏，
凶险的公园，悄没声的马步。
充满了幸福与快乐的风，
从天边的悬崖上扑向我。

而我的头上，长有双角的见证者
平静地伫立……哦，去吧，去吧，
沿着一条变幻莫测的古路，
走向有着天鹅与死水的地方。

1936

我对你把心藏起

我对你把心藏起，
仿佛将它扔进涅瓦河……
如同一只无翼的驯鸟，
我在你的屋檐下生活。
只是……夜晚我听到嘎吱声。
怎么啦——在陌生的幽暗中？
舍列门杰夫宫的菩提树……
家宅生物的相互呼唤……
小心翼翼地走到跟前，
如同潺潺的流水声，
灾厄黑色的絮语
热切地贴近耳朵——
咕哝着，仿佛整宿
都在忙乎着这件事情：
“你希望有个栖身处，
你可知道在哪里，你的栖身处？”

1936

鲍利斯·帕斯捷尔纳克

他把自己比作马的一只眼睛，
乜斜着，观察，注视，辨别，
冰雪消融，水洼闪烁，
就像已经熔化的一颗钻石。

紫色的迷雾笼罩安谧的后院，
站台，枕木，树叶，云彩。
火车的鸣笛，西瓜皮的开裂，
芬芳的细羊皮下羞怯的纤手。

铮铮，轰隆，轧轧，像拍岸浪似的
撞击，突然归于沉寂——意味着，他
惊恐地挤过茂密的针叶林，
为的是不去搅扰空地机敏的睡梦。

这就意味着，他在空空的麦穗中
清点种子，这就意味着，他
参加完某个葬礼，却再一次
走向可咒的黑色达里亚尔墓石。

莫斯科的倦意重新被点燃，
致命的小鼓在远方响起，
是谁居然迷失在距家两步之远，
积雪没腰，全部完蛋？

为此他将烟雾比作拉奥孔，
歌颂墓地上的飞廉，
为此，在诗歌倒映的新空间里，
他让世界充满了新的声响——

他赢得了一个永恒童年的奖励，
散发慷慨与机敏的光芒，
整个大地都是他的遗产，
他与所有人共同分享。

1936

沃罗涅日

——致奥·曼

整个城市都僵冷地伫立着，
树木，墙壁，积雪宛如在玻璃下。
我胆怯地踩着水晶前行。
彩色的雪橇晃晃悠悠地飞驰。
在沃罗涅日的彼得塑像上空——是乌鸦，
还有白杨树，淡绿如洗的天穹，
一片朦胧，被笼罩于阳光的微尘，
库里科沃战役的硝烟还在斜坡上弥漫，
这强大、必胜的土地。
如同杯觥交错的白杨树，
顷刻，在我们头顶发出更大的声响，
仿佛在为我们的欢乐干杯，
在数千宾客光临的婚宴上。

而在被贬谪的诗人家中，
恐惧与缪斯轮流值班，
夜在趱行，
它并不知道黎明。

1936

但丁

Il mio bel San Giovanni.

Dante[①]

在死后，他再也不曾
返回那古老的佛罗伦萨。
离开时，他也不曾回头，
因此，我为他献上这支歌。
火炬、黑夜，最后的拥抱，
命运在门外野性嗥叫。
他从地狱对她送出诅咒，
到了天堂也不能将她忘掉——
他再也不曾光着脚丫，穿着
忏悔的衬衣，手持点燃的蜡烛，
去经过神往的佛罗伦萨，
这奸诈、卑鄙、久盼的城市。

1936

① 意大利语，意为“我俊美的圣乔万尼——但丁”。

庆祝一下最后的周年纪念日

庆祝一下最后的周年纪念日——
你要明白，今天恰好
是我们第一个冬天——钻石似的
雪花飞舞的夜晚重又降临。

皇家马厩冒出了汗湿的热气，
莫伊卡河为黑暗所笼罩，
月亮的光线仿佛被故意调暗，
我们去往何方——我并不知晓。

一座杂草丛生的花园迷失
在孙子与祖父的坟墓之间，
从监狱似的梦呓中潜出，
灯笼仿佛送葬似的照燃。

马尔索沃空地成为恐怖的冰山，
小天鹅河躺在水晶宫中，
谁的命运堪与我相比，
倘若他的心中有喜悦与惊恐。

你的嗓音像一只神奇的小鸟，
在我的肩膀上不住颤抖。
令人亲切的光亮突然闪现，
给雪尘镀上一层温暖的银光。

1938

1940年（组诗）

1

当人们埋葬时代的时候，

不曾响起出殡的圣诗，

只能用荨麻和飞廉

来给它以缀饰。

唯有掘墓人麻利地

工作着。只争朝夕！

安谧，上帝啊，如此安谧，

可以听到时间的脚步。

而随后它漂浮出来，

如同春天河面的一具尸体——

但儿子辨认不出母亲，

孙子伤心地背过身去。

脑袋垂得更低，

月亮走动，犹如钟摆。

就是这样——在沦亡的巴黎上空，

如今弥漫着那样的寂静。

1940年8月5日

2　致伦敦人

时间以一只冷静的手
写下莎士比亚的第二十四部悲剧。
我们是喧闹宴会的参加者，
比哈姆雷特、恺撒和李尔王
更出色地在铅灰色河面上朗诵；
最好就在今天手执火炬，唱着祷歌，
为小鸽子朱丽叶举行葬礼，
最好向窗内瞧一眼麦克白，
与那个受雇的凶手一起战栗——
但是不要这一幕，不要这一幕，这一幕，
我们已无力再朗诵这一幕。

1940

3　影子

永远比所有人优雅、美丽和高贵，
你为何从逝去岁月的河底浮出，
贪婪的记忆在我面前拂动，

马车的玻璃窗后面映出你透明的侧影？
那时人们怎样在争论——你是天使还是一只鸟！
诗人把你叫作一根麦秸。
温柔的光线透过达里亚尔峡谷黑色的睫毛
均匀地洒向每一个人。
哦，影子！请原谅我，但晴朗的天气，
福楼拜、失眠症和迟开的丁香花令人想起
你——1913 年的美人儿——
和你晴朗无云而冷漠的
日子……而对我来说，
这种回忆并不合适。哦，影子！

1940 年 8 月 9 日 黄昏

4

莫非我已不知道失眠症
所有的深渊和小路，
但它如同骑兵的马蹄声，
伴随疯狂号角的怒吼。
我走进空荡荡的屋子，

不久前还是某人的安乐窝。
万籁俱寂，唯有白色的影子
在陌生的镜子里漂浮。
而在那迷雾之中——是丹麦，
诺曼底或者是我
本人早先到过的地方，
莫非这——是永远
忘却的时光之再版?

5

但我预先告诉你们，
这是我最后一次活着。
既不会用燕子，也不会用槭树，
不会用芦苇，不会用星星，
不会用清冽的泉水，
不会用响亮的钟声——
来让人们感到羞愧，
不会用难以遏止的呻吟
来造访别人的梦境。

1940 年 11 月 2-7 日

克丽奥佩特拉

甜蜜的影子覆盖着
亚历山大城的宫殿。
——普希金

她吻过安东尼奥僵死的嘴唇，
跪在奥古斯都面前流下了眼泪……
女仆背叛了她。在罗马雄鹰之下，
胜利的号角吹响，黄昏的雾霭在弥漫，
她的美擒获的最后一名俘虏走进来，
高大而匀称，他惊惶地对她耳语：
“你——将作为女奴……在凯旋中被送往……”
但天鹅的颈项依旧平静地垂曲着。

而明天孩子们将戴上镣铐。哦，这世间
她已无甚冀求——仍然与男人开了个玩笑，
用一只冷漠的手把黑色的小蛇摆上
黝黑的胸脯，仿佛诀别的怜悯。

1940

柳树

我在彩色花纹的寂静中成长，
在年轻世纪冰凉的儿童室里成长。
我并不觉得人的声音可亲，
而风的声音倒令我更容易理解。
我喜欢荨麻，也喜欢牛蒡叶，
但最喜欢的是银色的柳树。
深怀感恩之心，它终生
与我厮守在一起，用垂下的柳枝
轻拂我的失眠，令我进入梦境。
啊——真奇怪！我活得比它更长寿。
树墩在那儿戳立，其他的柳树
正用陌生的声音议论着什么，
就在我们一如往昔的天空下。
我只有沉默……仿佛死去了一个兄弟。

1940

记忆的地下室

这根本就是瞎扯，说我在愁苦中过活，
我成天受着回忆的煎熬。
我并不经常到记忆家去做客，
它也总是不断地哄骗我。
当我提着灯笼来到了地下室，
我仿佛觉得——低沉的坍塌声
正在狭窄的梯子上辘辘作响。
灯笼冒出烟气，我已不能返回，
而我知道，只能向前走，冲向敌人。
敬请关照……但是，那里
幽暗而肃静。我的好事已经结束！
他们送走那些女士，已经有三十年，
那个淘气的家伙也已衰老而死……
我迟到了。真是不幸！
我似乎已经走投无路。
但我抚摩着墙壁上的彩画，
在壁炉旁取暖。哦，简直是奇迹！
透过这些霉层，这油烟和腐臭
闪动了两颗鲜活的绿宝石。

公猫在喵喵叫。唔，我们回家吧！

但哪里有我的家？哪里有我的辨别力？

1940

当一个人死去的时候

当一个人死去的时候，
他的外表也会出现变化。
注视的眼睛已是不同的方式，
微笑的嘴唇也是不同的方式。
从一位诗人的葬礼上
回来，我发现了这一点。
自此以后，我经常加以检验，
我的猜测得到了证实。

1940

马雅可夫斯基在 1913 年

在你荣光满身的时候，我不认识你，
我只记得你充满风暴的黎明，
但是，或许，我今天已经有权利
回忆遥远岁月的那一个日子。
你诗歌中的声响愈加洪亮，
新的嗓音层出不穷……
年轻的手臂从不偷懒，
你建造起令人震撼的森林。
你所触及的一切，与此前
相比，似乎焕然一新，
你欲摧毁的东西——已然倒塌，
每一个单词中都跳动着审判。
你孤独，经常感到不满足，
你急不可耐地催促着命运，
你知道，你很快将快乐自由地
投入自己伟大的斗争。
当你为我们朗诵的时候，
可以听到涨潮巨大的回声，
雨水愤怒地乜斜着眼睛，
你与城市进行激烈的争论。

一个闻所未闻的名字
闪电似的飞进窒闷的大厅，
而今，它已为整个国家所珍视，
像进军的号角，嘹亮地响起。

1940

有人笔直地行走

有人笔直地行走，
另有人绕着圈子行走，
期待着回到祖屋，
盼望过去的女友。
我也在行走——灾厄紧随，
既不是笔直，也不歪斜，
却走向无处与无时，
仿佛一列脱轨的列车。

1940

誓言

今天与心上人诀别的女人，
愿她把痛苦转化成力量。
我们向孩子们起誓，向坟墓起誓，
任何人都不可能让我们投降！

1941

死亡之鸟伫立在天顶

死亡之鸟伫立在天顶。
谁能前来拯救列宁格勒[1]？

不要在周围喧嚷——它在呼吸，
它还活着，它依然在谛听：

在波罗的海潮湿的海底，
它的儿孙们在梦中呻吟，

仿佛自地心发出哀号："面包！"——
声音直抵九霄云外……

但是，这苍天真是冷酷无情。
透过所有窗口看到的——都是死神。

1941

① 现名为圣彼得堡。

勇气

我们知道，天平上躺着什么，
而今有什么东西正在完成。
我们的钟表已敲响英勇的时辰，
勇气不会离开我们。
冒着死亡的子弹躺下并不可怕，
流离失所也没什么痛苦——
我们守护你，俄罗斯语言，
伟大的俄罗斯词语。
我们将带给你自由与纯洁，
交给儿孙，我们将摆脱奴役
　　永远！

1942

小拳头一敲

小拳头一敲——我就把门打开。
我的门永远为你敞开。
而今我在大山的后面，
在荒漠后面，在风与暑热的后面，
但我永远不会背叛你……
我听不到你的呻吟，
你再也不来问我要面包。
请带给我一根槭树枝，
或者几株普通的绿草茎，
就像你去年春天带来的那样。
请带给我一捧纯净的水，
我们涅瓦河冰凉的河水，
我要从你金发的小脑袋上
洗去斑斑的血迹。

1942 年 4 月 23 日　塔什干

NOX

——夏园里的雕像《夜》

夜女郎！
披着星星的面纱，
插着服丧的罂粟花，与不眠的猫头鹰相伴……
可爱的女儿！
我们用花园里新鲜的泥土
已经把你掩埋好。
狄奥尼索斯的酒杯已经倾空，
爱情的目光泪水涟涟……
此刻，在我们的城市上空飞过了
你那些恐怖的姐妹。

1942

而你们，我最后一次应征的朋友

而你们，我最后一次应征的朋友！
我保存自己的生命，为的是哀悼你们。
不要像垂柳那样冷漠对待你们的祭辰，
而要向整个世界高呼你们所有人的名字！
名字又算得了什么！
　　反正都一样——你们与我们同在！
所有人都跪下，所有人！
　　鲜红的光芒涌现！
列宁格勒人重新排列成队，冲破硝烟前进——
生者与死者肩并肩：对荣誉而言，并不存在死者。

1942

死

1

我曾在某物的边缘，
它没有确切的名字……
一而再袭来的瞌睡，
对自我的一种逃避……

2

而我已经站在某物的要冲，
每人都能得到它，但付出代价不同……
这艘船上有一个为我准备的舱室，
还有白帆上的风——以及
告别我亲爱的祖国的恐怖时刻。

1942 年 8 月

与姑娘们郑重地道别

与姑娘们郑重地道别，
在行军中吻过母亲，
全身上下是崭新的军装，
仿佛是去玩打仗游戏。
没有好与坏，也没有中间分子……
他们全体坚守自己的岗位，
没有第一个，也没有最后一个……
他们全体在那里安眠。

1943

技艺的秘密（组诗）

1　创作

经常会这样：某种倦意袭来；
钟鸣却不曾在耳畔止息；
远处有依次消退的惊雷在滚动。
我仿佛听到迷人的、神秘的声音
发出了一声声哀怨与呻吟，
某个秘密的圈子正逐渐在缩小。
但在絮语与喧声的无底旋涡中，
突然响起一个压倒一切的声音。
于是，它周围变得无可重现的寂静，
可以听到青草在森林中生长，
仿佛有人背着行囊在大地上艰难行走……
但是，已经听到词语的动静
和轻盈的韵脚发出的信号铃铛——
那时，我开始真正明白，
不过是那些来自口授的诗行
落在雪白的笔记本上。

2

对我而言，颂歌的序列

与悲歌的风格又算得了什么。
诗歌中的一切在我都并不合适，
并非如常人一样。

倘若你们知道，从垃圾堆中
生长出诗歌，请勿以此为羞，
就像篱笆下黄色的蒲公英，
就像牛蒡叶和滨藜丛。

生气的呼喊，新鲜的焦油味，
墙壁上秘密的发霉层……
诗句已有动静，亢奋和温柔，
给你们和我带来欢欣。

3　缪斯

我如何与这个重负一起生活，
人们居然称它为缪斯，
他们说："你和她在草地上……"
他们说："美妙的絮语……"
比疟疾更严重地揪扯一阵，

又是整整一年一声不吭。

4 诗人

你认为，这也是劳作——
一种无忧无虑的生活：
在音乐中窃听点什么，
嬉笑着将它据为己有。

把他人快乐的谐谑曲
塞进某一段诗行，
发誓，在闪光的庄稼地里
可怜的心不住地呻吟。

然后又靠近森林去窃听，
装作默祷者站立在松树边，
直到夜雾的帷幔
在四处张挂了起来。

我忽左忽右随意采集，
甚至没有任何负疚的感觉，

狡黠的生活所给无多，
而一切来自——寂静的夜。

5　读者

不应该变得自艾自怜，
尤其不能自闭。哦，不！——
要让同时代人觉得透明，
诗人整个儿都要敞开。

脚底竖立的是舞台的脚灯，
一切死寂、空如和敞亮，
拉姆拉特[①]冰凉的火焰
在他的前额打上了烙印。

每一个读者都是秘密，
都如同深埋地下的宝藏，
偶然，却是最后一个，
终生保持着缄默。

---

① 英语 lime lite 的译音。源自卓别林的同名电影，指脚灯的火光。

自然有时出于需要，
在那里对我们掩盖了一切。
在某一个被指定的时刻，
有人在那里无助地哭泣。

那里有多少夜的幽暗，
多少阴影，多少清凉，
那里还有一些陌生的眼睛
与我热切地交谈到天亮。

有时我因事受到指责，
有时与我达成一致的意见……
沉默的忏悔就这样流传，
交谈那美好的暖意在蔓延。

我们的世纪在大地上飞驰，
约定的圈子过于狭小，
但它却永存，始终不渝——
诗人的一个无形的朋友。

6　最后的诗

一首诗，仿佛令人震惊的霹雳，
带着生活气息闯进了屋子，
它大笑，喉头不住战栗，
它到处旋转，拍动着手掌。

另一首诗诞生于子夜的寂静，
我不知道它怎么潜入我的内心，
从空荡荡的镜子向外张望，
嘴里严肃地嘟囔着什么。

还有一些诗出现在大白天，
仿佛对我视而不见，
在白色的稿纸上流淌，
犹如峡谷中一泓纯净的甘泉。

喔，还有呢：它秘密地徘徊——
无声也无色，无色也无声——
它琢磨、变化，蜿蜒前伸，

但并没有活着最终完成。

但这样啊……一滴滴吮吸我的血液，
像青年时代的那个姑娘——爱情，
随后，对我一句话都没说，
便又重新变得缄默无言。

我不知道有更惨烈的灾难。
它走了，在某一个穷乡僻壤，
继续延伸着自己的足迹，
而我，没有了它……唯有一死。

7　题词

难道贝雅特丽采能像但丁一样创作，
或者说劳拉也会赞美爱的激情？
我教会了女人如何去倾诉……
但上帝啊！如何能够让她们闭嘴安静！

8　关于诗

——致弗拉基米尔·纳尔布特

这——是失眠的残渣，
这——是歪斜蜡烛的烛花，
这——是无数白色钟楼
敲响的第一声晨钟……
这——是温暖的窗台，
在切尔尼科夫的月亮下，
这——是蜜蜂，这——草木樨，
这——是尘埃，是黑暗，是暑气。

9

——致奥西普·曼德尔施塔姆

哦，石竹花的气息多么馥郁，
我曾经在那里将它梦见——

欧律狄克[1]在那里旋转，
公牛借助波涛远送欧罗巴；
我们的影子在那里闪现，
在涅瓦河上，在涅瓦河上，在涅瓦河上；
涅瓦河水拍溅着台阶——
这是你通往不朽的通行证。
这是开启房间的钥匙，
对此，我迄今保持着缄默……
这是神秘竖琴的声音，
它曾是冥间草地的客人。

10

或许，依然还有很多事物
期待我的歌喉去吟唱：
那缄默的东西会猝然一下轰响，
或者在地下的黑暗中凿穿石头，
或者冲破厚重的烟雾。

---

① 欧律狄克，古希腊神话中歌手俄尔浦斯的妻子。欧律狄克被毒蛇咬死后，奥尔甫斯曾带着竖琴下到冥国，希望把她带回人间。他用歌声感动了冥王，答应放其妻子回到阳间，但被告诫在走出冥国之前不许回头看她。俄尔浦斯没有遵守这一诫言，结果最终还是失去了妻子。

我与它们无法把账目算清，
火也罢，风也罢，水也罢……
所以啊，我的瞌睡
突然向我敞开了大门，
引领我去寻找一颗启明星。

1936-1960

北方哀歌[1]（组诗）

一切成了你记忆的祭品……

——普希金

第一歌

——前史

如今我不在那里生活……

——普希金

陀思妥耶夫斯基的俄罗斯。月亮
被钟楼遮住了将近四分之一。
小酒馆做着生意，轻便马车飞驰，
一座五层高的大楼崛起在戈罗霍伏街上，
靠近斯莫尔尼宫的兹那梅尼亚教堂。
到处是舞蹈培训班，招牌不停地更换，
“Henriette”“Basile”“Andre”[2]站成一排，
还有豪华的棺材铺“舒米洛夫老店”。
哦，不过，城市的变化非常小。

① 阿赫玛托娃原计划以此为主题创作七首，最后一首未完成。
② 法语：指商店名，音译分别是“亨莱特”“巴什尔”“安德烈”。

不只我一人，其他人也同样发现，
它有时就像一家陈旧的石版印刷厂，
称不上第一流，但完全合乎礼仪，
看起来，似乎已有七十年。
尤其在冬天，在晨曦绽露之前，
或者在黄昏——那时，在大门外，
坚硬而笔直的铸造街一片幽暗，
　　不曾为现代派所玷污，
　　我家对面住着——涅克拉索夫
　　和萨尔蒂科夫……两家门上
　　都有纪念牌。哦，他俩要看到
　　这牌子有多可怕！我走过去。
而在老罗萨有繁多的水沟，
小花园里竖立着衰败的凉亭，
窗上的玻璃如此漆黑，仿佛冰窟窿，
我想，那里已发生了什么变故，
我们最好头也不回地走掉。
并不是与所有的地方都能谈妥，
让它自己把秘密揭开
（而我再也不会去奥普塔修道院……）

裙子的窸窣声，带穗的方格毛毯，
镜子上胡桃木的边框，
卡列尼娜的美令人震惊，
我们自童年起就在欣赏的
那些狭窄走廊上的印花壁纸，
映现在昏黄的煤油灯下，
还有沙发椅上的天鹅绒……
　　已经全部平民化，匆忙，不管怎样……
　　父辈与祖辈不被理解。土地
　　被抵押。而在巴登[1]——进行着轮盘赌。

一个有着透明眼睛的女人
（如此深邃的蔚蓝，只要瞧上
一眼，就不能不回想起大海），
有一只白皙的纤手，罕见的名字，
还有那善良，作为遗产
我仿佛从她那里得到了继承，

① 巴登，德国的一处疗养胜地。

我悲惨的生活中多余的礼物……
国家发着高烧，但鄂木斯克的苦役犯
明白这一切，给它们摆上十字架。
哦，如今他已搅浑了这一切，
自己置身在原初的无序之上，
升空，如同某个精灵。子夜钟响。
笔尖吱吱响，许多稿纸上
散发着谢苗诺夫练兵场上的气息。

于是，我们想到了诞生，
准确无误地计算时间，
为的是不放过任何一个
从未见过的场景，告别虚无。

1945

第二歌

——关于 1910 年代
没有一点玫瑰色的童年……
小雀斑、小熊和小玩具，

善良的阿姨，吓人的叔叔，甚至
没有溪边石滩上的玩伴。
我仿佛从一开始就自己
成了某人的一个梦或者呓语，
或者是陌生镜子里的映像，
没有名字，没有形体，没有缘由。
我也已经知晓罪行的清单，
那些我可能犯下的错事。
这就是我，像一个梦游症患者，
走进生活，去恐吓生活。
它在我面前伸展为草坪，
普罗塞庇娜[1]曾在那里漫步。
在举目无亲、胆怯的我面前，
意料之外的大门敞开，
人们走了出来，欢呼：
“她来了，她本人来了！”
但我诧异地看了他们一眼，
心想：“他们发疯了！”

---

① 罗马神话中的谷物女神和冥后。

他们愈是对我大加赞美，
人们愈是因我而欢欣鼓舞，
我在这世间就活得愈加可怕；
愈加强烈的刺激就会降临，
而我知道，我所得到的百倍报偿
就是进监狱、进坟墓、进疯屋，
但随处可见的是，为我这样的幸福
付出的代价就是把酷刑期延长。

1955 年 7 月 4 日　莫斯科

第三歌

在那样的屋子里生活太过恐怖，
无论是来自壁炉的质朴的光，
无论是我孩子的摇篮，
无论是我俩年轻的时候，
那些充满灵感所构思的东西，
都不能缓解那种恐惧感。
而我也已学会去嘲笑它，
我也会留下一滴残酒

和一点面包屑，留给那些人，
他们在深夜像狗一样抓挠屋门，
或者向内窥视低矮的窗户，
那时，我们沉默不语，努力
不去注视镜子背后的创造，
在某些沉重的脚步踩踏下，
幽黑的楼梯发出了呻吟，
仿佛在可怜地祈求赦免。
而你却奇怪地笑着说：
“他们在楼梯上又带走了谁？”
你而今也到了众所周知的地方，
请问：除了我俩，这楼里还住着谁？

第四歌

就是它——那秋天的景象，
我一生都那么害怕的景象：
天空——如同烈焰升腾的深渊，
城市的声音——仿佛来自彼岸世界，
一直喧响，永远陌生。
仿佛我内心与之斗争的一切，

化作了单独的生命，随后它们
被砌进盲目的墙壁，植入黑色的花园……
但在那一刻，在我的身后，
我住过的屋子仍然在跟踪我，
像一只含有恶意的眯缝着的眼睛，
还有那扇我永远怀念的窗口。
十五年了——仿佛造就了
十五个花岗岩的世纪，
但我本人似乎也成了花岗岩：
如今，你祈祷也罢，痛苦也罢，称呼
我海洋公主也罢。反正一样。不必了……
但我需要相信我自己，
这一切已经发生了很多次，
不仅在我身上——别人也一样——
甚至更糟糕。不，不会更糟——要好一点。
我的声音——这会儿，或许
最恐怖——从黑暗深处发出：
“十五年前，你用怎样一支歌
迎接这一天，你祈求天空，
祈求星星的合唱、水的合唱

来迎接与那个人庄严的相会，
而今你已离开了他……

这就是你那一场银婚纪念：
招呼客人，炫耀你的美，庆祝吧！”

第五歌

残酷的时代
翻转了我，如同掀动一条河。
我的生活被偷换。生活进入另一条
河道，流经另外的河域，
于是，我便不知自己的岸在何方。
哦，我错过了许多景致，
没有了我，大幕依然升起，
又落下。有多少朋友，
我在生活中没能再遇见一次，
有多少城市的轮廓可以
从我的眼眶中刺激出泪水。
但我仍知道世间还有一座城市，
即使凭借触觉我也可以在梦中找到。

有多少诗歌我未曾写出，
它们神秘的合唱徘徊在我周围，
而或许，在未来的某个时间，
会令我窒息……
我十分清楚开端与终结，
但终结之后的生活，就这么着，
如今也不需要进行回忆。
而且，某一个女人
占据了我唯一的位置，
使用了我最为合法的名字，
留给我一个化名，我似乎
可以用它来做一切可能的事。
唉，我即将躺进的并非我自己的坟墓。

但有时调皮捣蛋的春风，
或者偶然之书中词的组合，
或者某个人的微笑都会将我
拽进一种非现实的生活。
去年就是那么回事，
今年还是——坐车、观看、思考

和回忆，像进入一面镜子似的
进入新的爱情，怀有麻木意识的
背叛，还有昨天尚未出现的
小皱纹……
……
倘若我能够从那里回望
我自己今天的生活，
我就最终会懂得嫉妒……

1945年9月2日　喷泉屋

第六歌

回忆中存在着三个时代。
第一个时代——仿佛就在昨天。
灵魂在至福的天穹之下，
肉体则在影子中悠然自得。
讥笑尚未停止，眼泪在流淌，
书桌上的墨点还不曾抹去——
唯一的、诀别的、永志不忘的吻，
如同心脏的一个印记……

可是，它并没有持续很久……
头顶已不是天穹，而是
偏僻的郊区一座幽静的小屋，
屋里，冬天寒冷，夏季炎热，
到处趴伏着蜘蛛与灰尘，
那些火热的情书正在腐烂，
墙上的肖像画也悄悄起着变化，
那么多人去过墓地，
回来后用肥皂清洗双手，
拭去疲倦的世纪正在
流淌的泪滴——发出沉重的叹息……
但钟表嘀嗒地响着，春天
逐一更替，天空呈现玫瑰红，
城市的名称不断变换，
已经没有事件的见证人，
没有人一起哭泣，没有人共同回忆。
影子也在缓慢地离开我们，
它们已不被我们所召唤，
它们的返回令我们感到更加恐怖。
既然已经苏醒，我们就会发现，

我们甚至忘掉了通向幽静小屋的道路，
因为耻辱和愤怒而窒息，
我们奔向那里，但（梦中经常发生）
那里的一切变了样：人，物，墙壁，
没有人认识我们——我们成了陌生客。
我们回不到那里……我的上帝啊！
最为悲惨的事情就这样发生：
我们意识到：不能把往事
纳入我们生活的界域。
对于我们，它几乎是格格不入，
就像我们同一个单元的邻居，
那些死者，我们还是不认识为好，
而那些被上帝判定与我们分离的人，
没有我们也过得很好——甚至
更好……

1943-1953

三个秋天

我根本不理解夏日的微笑，
我也找不到冬天的秘密，
但我几乎可以准确无误地
观察到每年的三个秋天。

第一个——喜庆日似的无序，
故意惹怒昨天的夏季，
树叶飘飞，如同笔记本的碎片，
烟雾的气息恰似芬芳的安息香，
一切都显得湿润、明亮，色彩缤纷。

白桦树林最早翩翩起舞，
披上一身透明的衣饰，
匆忙抖落短暂的泪珠，
越过篱笆，洒向女邻居。

但经常如此——故事才开始，
一秒钟，一分钟——于是，
第二个秋天来临，平静有如良知。
幽暗如同空中的偷袭。

一切都变得更苍白和恐怖，
夏日的惬意被全然扒净，
金色小号远方的齐鸣
在馥郁的雾霭中飘浮。

崇高的天穹被淹没
在芬芳的祭香冰凉的波涛中，
但风骤然刮起，一切都敞开——
一切变得很清晰：悲剧谢幕，
可这已并非第三个秋天，而是死亡。

1943

五个[1]（组诗）

Autant que toi sans doute,il te sera fidele

Et constant jusques a la mort.

Baudelaire[2]

1

仿佛依偎天边的浮云，

我在回忆你的絮语。

而你听到我的倾诉，

黑夜将变得比白昼更明亮。

就这样，我们离开了大地，

像星星一样在高空遨行。

无论往昔、当下，还是今后，

都没有绝望，没有羞耻。

但是，你可以听到，我在呼唤

① 原文为意大利语：Cinque。
② 法语：他忠于你犹如你忠于他，永不背叛。——波德莱尔

活生生的你，并非在梦里。

你稍微推开的那一扇屋门，
我没有力量再将它关闭。

1945 年 11 月 26 日

2

声音在空气里燃成灰烬，
晚霞被黑暗逐渐吞噬，
在这个永远缄默的世界上，
只有两个声音：我的和你的。
黄昏，从看不见的拉多加湖，
透过若有若无的钟鸣声，
深夜的热烈交谈化作了
虹彩交叉的一道微光。

1945 年 11 月 20 日

3

很早以前我就不喜欢
别人来可怜我，
但带着你的一滴怜悯
前进，犹如体内注入了阳光。
这就是为何周围霞光飞溅。
我前进，创造奇迹，
原因就在此！

4

你自己知道，我不可能去赞美
我俩相会那个最痛苦的日子。
你有什么可以留作纪念？
我的影子？影子与你有什么关系？
那焚毁的剧本的献词，
如今已成为灰烬荡然无存，
或者是从镜框中突然走出的
那张恐怖的新年肖像？
或者是隐隐约约可以听见的

白桦树焦炭发出的声响，
或者是我尚未转述完毕的
关于陌生爱情的故事?

5

我们不曾嗅过睡意蒙眬的罂粟，
我们也不知道自己的过错。
在什么样的星辰引导下，
我们应着痛苦而诞生?
这一月的黑暗给我们
带来了什么样的粥羹?
什么样的无形反光
在天亮之前令我们发疯?

1946 年 1 月 11 日

野蔷薇开花（组诗）

——摘自焚毁的笔记本

And thou art distant in humanity.

Keats①

取代了节日的贺词，
这股风，凛冽而干燥，
带给你们的只是腐烂的气息，
烟雾和诗歌呛人的味道，
它们都是我一手制造。

1961

1　焚毁的笔记本

你那个诸事顺心的妹妹，
在书架上展示着醒目的美，
而你头顶是一群星星的碎片，
你的脚下是篝火残留的木炭。
你热切地祈祷，你渴望着生活，
你是多么害怕呛人的火焰！

① 英语：你也远离了人类。——济慈

但突然你的身体开始颤抖，
而声音一边飘飞，一边诅咒我。
所有的松树开始发出窸窣的声响，
倒映在月光洒落的湖水深处。
而在篝火四周，神圣无比的春天
跳起了坟墓之上的轮环舞。

1961

2　非梦

哦，走开，时间！哦，走开，空间！
透过白夜，我已看清了一切：
看见了你桌上水晶花瓶中的水仙花，
雪茄上冒出的一缕蓝烟，
还有那仿佛在纯净水中的镜子，
你适时就可以照见自己。
哦，走开，时间！哦，走开，空间！……
但是，你也不能给我以任何帮助。

1946

3　在梦中

我和你同样地面临
黑色的、持久的别离。
你为什么哭泣？最好向我伸出手，
答应我再一次进入梦中。
我与你远隔，恰似山峰与山峰，
我和你在尘世已不可能相会。
但愿你在子夜时分
透过星星向我送来问候。

1946

4　第一支短歌

神秘的未见
庆典的空寂，
未说出的话语，
沉默的语词。
不曾交接的目光
不知道何处可以容身。

唯独眼泪为此高兴，
它们可以长久地流淌。
莫斯科郊外的野蔷薇，
呜呼！居然是这样……
而所有人都将它
叫作不朽的爱情。

1956

5　另一支短歌

未曾说出的话语
我不再重复，
但为了纪念那未婚，
我种植野蔷薇。

我们相会的奇迹
在那里闪光、歌唱，
我不再愿意返回，
哪儿都不去。
幸福取代了义务，

成了我痛苦的乐趣，
我和他无聊地闲扯，
闲扯了很长时间。
随他们去扼杀恋人的激情，
期待着答复，
亲爱的，我们不过是
世界边缘的灵魂。

1956

6 梦

做非人间的梦是否甜蜜？

——亚·勃洛克

这个梦是预言着不祥，抑或并非如此……
火星在天庭的星辰中光芒四射，
它变得鲜红、明亮和凶险——
而在那个夜晚，我梦见你的莅临。

他无所不在……在巴赫的恰空舞曲中，
在徒然开放的玫瑰花丛中，
在乡村钟楼的齐声撞响中，
在被开垦后的黑土地上空。

也在秋天里。这秋天接踵而至，
随后，又突然放弃，再一次藏匿不见。
哦，我的八月，你怎能把那样的消息
交给我作为恐怖的周年纪念！

我拿什么来回报这皇家的礼品？
到何处去？与谁一起庆祝？
一如往昔，我不加涂改地
在焚毁的笔记本上写下我的诗歌。

1956 年 8 月 14 日

7

在这条道路上，顿斯科依[1]
曾经统领过一支伟大的军队，
那里的风并没有忘记仇敌，
那里的月亮澄黄，长有犄角——
我行走其上，如同在大海深处……
野蔷薇是如此芬芳，
甚至会转化成一个单词，
我已经做好了准备，
去迎接我命运的九级巨浪。

8

你虚构了我。并不存在那样的女人，
那样的女人在世间也不可能存在。
医生都不能治愈我，诗人也不能为我解忧——
我和你在不可思议的年代相遇，
那时，世界的力量已经消耗殆尽，

---

① 德米特里·伊万诺维奇·顿斯科依（1350-1389），莫斯科大公，曾指挥俄罗斯历史上著名的库利科沃战役。

一切在丧期，一切因为坏天气而萎靡，
清新的唯有一座座坟墓。
没有路灯，涅瓦河的堤岸漆黑如松油，
阴沉的夜在墙壁周围伫立……
就在那时，我热切地呼唤你！
我干了什么——我本人一无所知。
而你踩着秋天悲伤的脚步，
来到我身边，仿佛有星星在引导，
走进那间被永远摧毁成废墟的房屋，
一束焚毁的诗稿从屋里向外飞飘。

1956年8月18日 斯达尔基

9　在打碎的镜子中

在繁星满天的夜晚，
我倾听不可挽回的话语，
我因此晕头转向，
仿佛在灼烫的深渊之上。
毁灭在门口哀号，
黑色花园凄啼，如同鸱鸮，

城市致命地虚弱，
成了远古的特洛伊。
那时它不可忍受地灿烂，
仿佛响亮到令人流泪。
你赠予我并非这件礼物，
它运自遥远的地方
在令你感到灼热的黄昏，
它似乎是无聊的消遣。
它成了一种慢性的毒药，
在我神秘莫测的命运中。
它是我一切灾厄的先驱——
我们再也不会将它回忆！……
未曾举行的会晤
依然还在墙角下恸哭。

1956

10

你又和我在一起，秋女友！

——英·安年斯基

让那个人还在南方休假吧，
在天堂花园享受温柔。
这里已经相当北方——就在这一年，
我选中了秋天作为女友。

我活着，如同住在我所梦见的陌生屋子，
或许，我就在那里死去，
那里，镜子在黄昏的慵懒中
为自己保存了某种奇怪的东西。

我行走在敦实的黑色云杉林中，
那里帚石南与风儿相似，
月亮混浊的碎片还在闪亮，
如同一柄有齿形豁口的旧刀。

我把美好记忆带到此地，
与你最后一次幽会的回忆——
我战胜了命运所引燃的
冰凉、纯洁而轻盈的火焰。

1956 科马罗沃

11

我违背了你的意愿，女王，
离开了海岸。
——《伊尼德》[①]第六歌

你不要害怕——而今我所描绘的
仍然与我们非常相像。
你是幽灵——或者是过路人，
不知怎的我守护着你的影子。

① 古罗马诗人维吉尔的长诗。后文中的埃涅阿斯系诗中的主人公。

你作为我的埃涅阿斯为时很短——
那时，我借助篝火得以逃脱。
我们能够相互保持着沉默。
你也忘掉了我可诅咒的房屋。

你忘掉了穿过火苗伸出的双手，
它们在惊骇和痛苦中，
忘掉了关于该死的希望之消息。

你并不知道是什么把你原谅……
罗马已建成，庞大的舰队已开拔，
谄媚的话语夸张地歌颂着胜利。

1962 年 7 月 科马罗沃

12

你直率地向我索要诗歌……
没有诗歌你也依然马虎地活着。
但愿你血液中丝毫不曾留下痕迹，

没有渗入诗歌的苦涩。

我们点燃无法实现的生活
那些金色、华美的时光，
夜火不曾向我们低声诉说
关于天上故国的相会。

从我们壮观的辉煌中，
流淌出波涛一样的凉意，
仿佛我们在某个秘密的墓室中，
战栗一下，读到了某个名字。

难以想象这遥遥无期的离别，
倒不如在那时——一击便毙命……
或许，在这个世界上，再没有人
比我们经历过更痛苦的离别。

1963 年 莫斯科

13

对于大众而言，这

犹如韦斯巴芗[①]的时代，

而在过去——它仅是一个伤口

和它头顶的一朵痛苦的云彩。

1964 年 12 月 18 日 罗马

① 韦斯巴芗(9—79)，古罗马皇帝，弗拉维王朝的奠基人。相传，公元 72 年，为了庆祝对耶路撒冷的胜利，韦斯巴芗下令建造罗马历史上最宏伟的圆形剧场。该剧场是一个集斗兽、赛马、竞技、阅兵、歌舞等为一体的建筑。

1944 年 1 月 27 日

在一月黯淡无星的深夜，
诧异于未曾有过的命运，
从死亡的深渊返回，
列宁格勒向自己致敬。

1944

“永不遗忘的日期”又已临近

“永不遗忘的日期”又已临近，
这其中没有一个日子不是可诅咒。

但最可诅咒的当数升起的朝霞……
我知道：心的挣扎并非徒劳——

在海洋风暴袭来之前，嘹亮的时刻，
心斟满了朦胧的忧悒。

我在往事之上摆放一个黑色十字架，
这是你的心愿，西南方同志。

菩提树和槭树挤满了整个房间，
绿色的游民们大声喧嚷，胡作非为。

河水已经高涨到桥梁的肚子？——
一切还如同那时，一切如同那时。

1944

我们神圣的技艺

我们神圣的技艺
已经存在了数千年……
有了它，世界没有光也一样明亮。
但没有任何一位诗人说过，
不存在智慧，不存在衰老，
而或许，也不存在死亡。

1944

亲者所有的灵魂都在高远的星空

亲者所有的灵魂都在高远的星空，
多么美好：不再失去任何人，
也无须为此哭泣。皇村的空气
天生就适合让歌声重新响起。

岸边有一棵银色的垂柳
轻拂九月明亮的水面。
我的影子从往事中醒来，
默默地朝着我走来。

这里，树枝上悬挂如此多的竖琴，
但仿佛还有一席之地留给我。
这雨点一般罕见的阳光，
在我是一种安慰和福音。

1944

那一晚我们都因对方而疯狂

那一晚我们都因对方而疯狂，
只有不祥的黑暗为我们照明，
一条条沟渠在喃喃低语，
石竹花散发着亚洲的气息。

我们穿过这座异乡的城市，
穿过如烟的歌声和子夜的暑热——
巨蛇星座下的两个人，
谁也不敢看上对方一眼。

这可能是伊斯坦布尔甚或是巴格达，
但是，唉！却非华沙，也并非列宁格勒，
而这种痛苦的差异令人窒息，
就像遭到遗弃的空气。

恍惚觉得：世纪也在身旁迈步，
一只无形的手击打着铃鼓，
那些鼓声就如同秘密的暗号，
在黑暗中围绕我们旋转。

我和你，在神秘的夜雾里，
仿佛走在无主的大地上，
可月亮像一只土耳其的钻石小舟，
突然闪现在相会即离别的上空。

在你那个我一无所知的命运里，
倘若那晚倒回，重返你身旁，
你就会知道，这神圣的一刻
已经走进了某个人的梦乡。

1942.5 — 1959.12.1 改定

你，亚洲，祖国的祖国

你，亚洲，祖国的祖国！
高山与沙漠的储藏所……
你的空气与以往的空气
完全不同——火热而湛蓝。
邻近的区域似乎就是
一道从来未有的童话屏风，
一群鸽子在缅甸上空
飞向坚不可摧的中国。
伟大的国家沉默了很久，
被烈焰的暑气所笼罩，
在自己可怕的白发下
藏匿永恒的青春。
但明亮的时代正在临近，
去向永远神圣的地方。
你曾在那里把格萨尔歌唱，
所有人都将成为格萨尔。
你手持一枝和平的橄榄枝，
出现在世界的面前——
在你各种古老的语言中间，
响起了一个新的真理。

1944

诗三首

1

是时候了，忘掉这骆驼的喧嚷，
忘掉茹可夫斯基大街上的白房子，
是时候，是时候了，快去找白桦与蘑菇，
快去寻找莫斯科辽阔的秋天。
一切在那里闪烁，一切沾满露珠，
天空攀爬得多么高远，
罗加切夫公路依然记得
青年勃洛克暴徒似的口哨声……

1944–1950

2

在黑色的记忆中掏摸一下，你就能找到
套到臂肘的长手套，
以及彼得堡的夜。黄昏时分，弥漫着
包厢里的那种窒闷与甜蜜的气息。

吹自海湾的风。而在那里，哎哟与哎呀
从诗行中间穿了过去，

时代悲剧的男高音——
勃洛克对你轻蔑地一笑。

1960 年 9 月 9 日

3

他说得对——又是路灯，药房，
涅瓦河，沉默，花岗岩……
这个人在那里伫立，
如同世纪初的一座纪念碑——
当他告别普希金之家，
只是把手一挥，
就接受了死亡的倦意，
仿佛接受了本不该有的安谧。

1946 年 6 月 7 日

这是你锐利的眼睛，亚洲

这是你锐利的眼睛，亚洲，
看清我内心的某种东西，
逗引出某种隐秘的东西，
为寂静所孕育的东西，
令人痛苦和艰难的东西，
仿佛铁尔梅兹[①]正午的暑热。
有如意识中全部的原始记忆
像滚烫的熔岩似的涌流，
恰似我从陌生人的掌心
饮尽自己悲咽的苦酒。

1945

① 铁尔梅兹，乌兹别克斯坦的一座城市。

悼亡友

胜利日这一天，柔雾弥漫，
朝霞如同反照一片殷红，
迟到的春天像一位寡妇，
在无名战士的墓前忙碌。
她双膝下跪，不急于站起，
吹一吹花蕾，拂弄一下青草，
把肩上的蝴蝶轻轻放到地上，
让第一棵蒲公英绽开绒毛。

1945.11.8

老师

——纪念英诺肯季·安年斯基

我认作老师的那个人，
而今已影子般消失，连影子都没留下，
吸入所有的毒汁，饮尽整个的颠茄，
他期待荣誉，却等不来荣誉，
他是一名先驱，是一个与我们
共同所完成的一切之预兆，
他怜悯所有人，给所有人灌输愁意——
于是，窒息而死……

1945

一枚狡猾的月亮

一枚狡猾的月亮
躲在门后，它发现
我怎样用身后的名誉
来交换那一个夜晚。

而今，人们即将忘掉我，
柜中的藏书正在霉烂，
他们再不会以阿赫玛托娃
来命名街道和诗篇。

1946

两个声音

第一个：
我们啜饮被禁止的知识，
在意识无底的深渊中，
建筑越是透明，就越是恐怖，
最后的时辰已经透漏……

第二个：
远方的惊雷已经轰响……
但是，在没有更好的命名之前，
那被我们叫作音乐的东西
是否能拯救我们？

1946

瓦砾

You cannot leave your mother an orphan.

Joyce[①]

1

我，一个失去了火与水的女人，
和唯一的儿子告别……
被推上灾难的耻辱台上，
仿佛站在国王隆重的华盖下……

2

激烈的好辩者把争论
带到了叶尼塞河平原一带……
对你们而言，他是流浪汉，朱安党人，阴谋家——
对我而言，他是唯一的儿子。

3

七千零三公里……
你听不到母亲撕心的呼喊。

① 英语：你不能把你的母亲独自一个抛下。——乔伊斯

在北极风恐怖的怒号中，
在紧逼的灾厄的窄圈中，
你不驯、兽化——你是我的亲人，
你是第一个和最后一个，你——是我们的。
在我的列宁格勒的坟墓之上，
春天冷漠地徘徊。

4

我何时，对何人说过什么，
我何须对人们隐瞒，
苦役将儿子百般折磨，
我的缪斯被鞭笞而死。
我比地球上所有人罪孽更重，
不论是曾经、未来和现在的谁，
对我而言，在疯人院里
躺着——便是至高的荣誉。

5

你们把我吊在血淋淋的钩子上，
像一头毙命的野兽，

为的是让外乡人在四处游荡，
窃笑着，不信任我，
在可敬的报章上公告，
我无与伦比的天赋已经消失，
我曾经是一名诗人中的诗人，
但我的十三点钟已经敲响。

1949-1956

对于我欢呼和痛苦的声音

对于我欢呼和痛苦的声音，
心已不再给予回应，
一切终结……我的歌声
飞向空旷的夜，但那里没有了你。

1953

莫斯科郊外的道路令我着迷

莫斯科郊外的道路令我着迷，
仿佛我在那里掩埋有宝藏，
这宝藏的名字就叫爱情，
我马上就把它送给你。

菩提树冠上有一百年的瞌睡，
有普希金，有赫尔岑。鼎鼎大名啊！
我们离那一个转折不远，
那里整个四郊将永远显现。

就在那条道路，顿河曾经
把自己的军队引向不可思议的远征，
风还记得仇敌的尖叫声，
在翅膀上携带着胜利的高呼。

1956

致普希金城

那皇村庇佑的荫覆……

——普希金

1

哦，我痛苦！他们已将你烧毁……
哦，相见，比离别更沉重！……
这里曾经有喷泉和幽深的林荫道，
远处有古老公园庞大的建筑群，
朝霞要比自身更加鲜艳，
四月里，弥漫着腐草和泥土的气息，
还有那初吻……

2

这棵柳树的叶子在十九世纪便已枯萎，
只为在诗中百倍鲜艳地闪发银光。
无人问津的玫瑰变成了紫红的野蔷薇，
而皇村学校的颂歌依然健康地唱响。

半个世纪过去……我蒙受神奇命运慷慨的
追偿，在时日的失忆中忘却年华的流去——

我再也回不到那里！但哪怕渡过忘川，
我也会随身携带皇村花园鲜活的轮廓。

1957

海滨十四行诗

这里的一切将比我活得更长久，
一切，即便是破旧的鸟巢，
以及这空气，春天的空气，
它刚好完成了越海的飞行。

而一个永恒的声音在呼唤，
蕴含着非尘世的不可抗拒性，
在鲜花盛开的樱桃树上空，
轻盈的月亮流溢着清辉。

这条路看起来是那么容易，
在碧绿的密林深处闪烁白光，
我并不知道它通向何方……

那里，树干之间更为明亮，
一切仿佛在林荫小道上，
就在皇村的池塘旁。

1958 年 6 月 16 — 17 日

音乐

——致德·德·肖

她身上有奇异的东西在燃烧，
她的眼中一切界限被磨平，
当他人都害怕靠近我的时候，
她却独自与我谈心。
当最后一个朋友都转过脸去，
她却走进坟墓来陪伴我，
她的歌声如同第一声春雷，
或者如同百花开始絮语。

1958

速度

这种灾难没有止境……
你，既没有精神，也没有肉体，
像一只凶恶的老鹰飞向世界，
摧残一切，掌控一切，
却一切都带不走。

1959

我早已不相信电话

我早已不相信电话，
不相信广播，不相信电报。
对于一切，我有自己的规矩，
或者说，桀骜不驯的性格。

每个人都可以梦见我，
我不需要飞向“彼岸”，
不想在那里坠落，
以服从于任何一个高度。

1959

你们活得不错

你们活得不错，我却不怎么样
那个重要的转折逼近，
哦，无形中进行的算计，
它是那么严酷，又那么精确。

狼喜欢在自由中生活，
但算计很快降临到它头上，
在冰雪上，在森林中，在田野上，
整年都在把狼捕杀。

不用哭泣，哦，唯一的朋友，
倘若在夏天或是冬季，
你从狼出没的小路走过，
你还会听到我的声音。

1959

片断

……我觉得，这是烛光
陪伴我飞翔，直到黎明。
但我尚未弄清——这些
奇异的眼睛究竟是什么颜色。

周围的一切在摇曳、歌唱，
但我无法辨别——你是敌是友，
这是冬日还是夏季。

1959

夏园

我想观赏玫瑰，去那唯一的花园，
那里挺立着世间最美的栅栏。

那里的雕像还记得我年轻时的模样，
而我也记得它们在涅瓦河嬉戏的形象。

皇家的菩提树，芬芳的寂静，
我仿佛听到船桅正在嘎吱作响。

天鹅一如往昔地浮游，穿过世纪，
欣赏着自己倒映在水中的美丽。

成千上万个脚步声死沉沉地睡去，
分不清是敌人的，还是朋友的。

而列队前进的影子一眼望不到头，
从花岗岩大花瓶到宫殿的大门。

那里，我众多的白夜在喋喋絮语，
倾诉着崇高而秘密的爱情。

万物闪烁着珠母与碧玉的光泽，
但是，光亮的源泉被秘密地藏匿。

1959

序曲

我不会用恋人的
竖琴前来迷惑人民——
我手持麻风病人的
哗啷棒[①]在歌唱。
你们还来得及叹息，
嗥叫，并且诅咒。
勇敢的人们，我教会
你们远远躲开我。
我不寻求什么利润，
也不期待荣誉，
在毁灭的翅膀底下，
我已生活整整三十年。

1960

① 俄罗斯一种民间打击乐器。

受责难的人

受责难的人，被赞美的人！
你们的嗓音普通而粗放。
你们——无法被翻译
成为任何一种语言。

傲慢的人，流离失所的人，
在黑暗中流浪的人，
你们有自由的天性，
却在监狱里诞生。

今天，我献给你们
一个深深的祝福，
你们将走进遗忘，
如同人们走进寺庙。

1960

三月的哀歌

不幸的是，我往昔岁月的
珍宝已足够我长久享用。
你自己明白，邪恶的记忆
都不能挥霍它们中间的一半：
被挪歪的小圆屋顶，
乌鸦的聒噪，火车的嚎叫，
还有仿佛刑期已满，
踱行在田野的一棵白桦，
诗经记载的巨大橡树
在子夜秘密地集会，
从某个人的睡梦中漂出
几乎就要沉没的小船……
晚秋在那里随意游荡，
给庄稼地蒙上一层薄霜，
远方纯属偶然地
被全部笼罩进浓重的迷雾。
仿佛是，在季节轮换之后，
万物将不复存在……
还会有谁在台阶旁徘徊，
叫唤着我们的名字？

有谁贴紧了冰冻的玻璃，
挥动手臂，仿佛摇动树枝？
而作为回答，在蛛网的一角，
太阳的斑点在镜子里跳跃。

1960

致叙事诗

……词返回音乐。

——奥·曼

你生长，你开放，你——在音响中。
我将你复活在新的痛苦中
——把你交给敌人……
八千海里并不是障碍，
一支歌儿仿佛在花园中响起，
我能够检验每一声叹息。
我知道——对它平等相待，
我不能够去责怪它，
这种联系高于我们的力量——
我们俩都没有过错，
我们的牺牲不需要流血——
我已忘却，而他——也已遗忘。

1960

回声

通向往昔的道路已经关闭，
往事于我还有什么意义？
那是什么？血淋淋的石板，
或者是一扇被砌死的屋门，
或者是还不会沉默的
回声，尽管我如此请求……
与这回声焊接在一起的，
是我秘藏在心的事物。

1960

悼诗人

1

回声应答我，恰似一只鸟。

——鲍·帕

那不可重复的嗓音昨天沉寂，
小树林的交谈者告别了我们。
他转化成赋予生活的穗须，
抑或是他曾歌唱的蒙蒙细雨。
只要是这世间存在的所有花卉，
都为他的死亡而竞相开放。
但携有他谦逊的名字的星球
很快将一片阒寂……大地。

2

犹如盲眼的俄狄浦斯之女，
缪斯把先知引向了死亡，
而一棵疯狂的菩提树
在这个哀悼的五月里开放，
正对那个窗口，我和他
亲切交谈的地方，他的面前

蜿蜒伸展一条长着翅膀的金路，
路上，他将被最高的意志所庇佑。

1960

故土

世间没有人比我们更加无忧、
更加骄傲、更加朴实。
　　　　　　　　　　1922年

我们没有将它放进珍贵的香囊挂在胸口，
我们也不曾泣不成声地为它书写诗篇，
它也不曾触及我们痛苦的梦魇的创痛，
它也不像是上帝许诺的天国乐土，
在我们的心中，也从来不曾
把它当成可以买卖的商品。
我们在它上面默默地受罪、遭难，
我们甚至从来没有想起它的存在。
　　是的，这是我们套鞋上的灰尘，
　　是的，这是在我们齿间咯吱的沙粒。
　　我们磨蚀它、搅拌它，碾成粉末，
　　那无法与其他东西混合的尘土。
可是，直到我们躺入其中，与它融为一体，
由此，我们才可以从容地宣称："自己的尘土。"

1961　列宁格勒，港口医院

1913 年的彼得堡

在关卡外，手风琴在悲吟，
在肮脏不堪的马路上，
有人带着小熊，茨冈女人在跳舞。
汽轮驶向伤心岛，
它那令人揪心的鸣笛
在涅瓦河上空引起回应。
怨恨与自由躲在黑色的风中。
距离那燃烧的旷野，
或许仅有一臂之长。
我不祥的预言已经缄默，
奇迹还想再忙活一阵，
但我们走吧——我没时间等候。

1961

科马罗沃素描

哦，哭泣的缪斯……

——玛·茨维塔耶娃

……我在这里放弃了一切，
放弃了尘世一切的幸福。
林中枝杈交错的树墩
已成了“此地”的精神与守护。

我们大家是生命短暂的过客，
活着——仅仅是一个习惯，
我觉得，在空中的道路上，
有两个声音在相互呼唤。

两个？但是在东边的墙下，
在一丛结实的马林果中，
有一株深色的接骨木新芽……
这是玛琳娜[①]寄出的来信。

1961

① 指玛·茨维塔耶娃。

最后的玫瑰

您用曲笔描绘着我们。

——约·布

我要和莫洛佐娃一起鞠躬致意，
和希律王的继女一起跳舞，
随着浓烟飞出狄多的篝火，
为的是与让娜再度走上火刑架。

上帝！你看哪，我已倦于复活，
甚至也倦于死亡、倦于生活。
拿走一切吧，但要留下这朵红玫瑰，
让我再一次感受到它的鲜艳。

1962.8.9　科马罗沃

这就是她

这就是她，果实累累的秋天！
她被带到这里有点儿迟。
而十五个美好的春天，
我都不能从地上爬起来。
我如此切近地看清她，
紧靠着她，拥抱她，
而她也给注定消亡的身体
灌注了一股神秘的力量。

1962

子夜诗（组诗七首）

唯有镜子梦见镜子，
寂静守护着寂静……
——《硬币背面》

代献词

我在波浪上漫游，在森林中藏匿，
在纯净珐琅上呈现绰约的身影，
或许，我还能承受离别的痛苦，
但与你的相见——似乎有点勉强。

1963年夏

1 暮冬的哀歌

…toi qui m'as consolee.
Gerard de Nerval[①]

① 法语：你就是那个安慰我的人。——吉拉德·德·内瓦尔

暴风雪在松林中平息下来，
但即使没有酒也酩酊大醉，
那里，寂静如同奥菲丽亚，
整夜都在为我们歌唱。
但一个唯独向我显身的人，
被寂静围箍得密不可分，
道别以后，他慷慨地留下来，
他至死也要与我待在一起。

1963年3月10日 科马罗沃

2 初次警告

实际对于我们又算得了什么，
一切都将成为过眼云烟，
我曾面临多少深渊而歌唱，
我曾在多少镜子里生活。
尽管我不是梦幻，不是愉悦，
更谈不上是天赐的福祉，
但或许，比所需的更为频繁，

你不得不时常地回忆——
逐渐沉静下来的诗句的轰响，
回忆那只眼睛，它的底层
隐匿着赤褐色的小荆冠，
在自身惊惶不安的寂静中。

1963年6月6日 莫斯科

3 在镜子背面

O quae beatam, Divf,
Tenes Cyprum et Memphin…
Hor.[①]

美人儿非常年轻，
但她并非来自我们的世纪，
但我不能与她同在——还有第三者，
从来都不会把我们单独留下。

① 拉丁语：哦，女神，你主宰着幸福岛塞浦路斯与孟斐斯…… ——贺拉斯。

你把沙发椅向她移近，
我慷慨地与她分享鲜花……
我们不知道自己在做些什么，
但每一瞬间都令我们更为恐惧。
我们就像刑满出狱的人，
相互了解对方一些可怕的
事情。我们在地狱的圈子里，
而或许，这也并不是我们。

1963年7月5日　科马罗沃

4　十三行诗

你终于发声说话了，
但并不像那些人……单膝跪在地上——
而是像一名挣逃出的俘虏，
透过不由自主的泪水之虹，
看到白桦树神圣的荫覆。
寂静在你的周围吟唱，
纯洁的太阳照亮了黑暗，

顷刻间，世界自个换了新颜，
酒味也奇怪地发生变化。
甚至我，也成了刽子手，
准备去扼杀上帝的语言，
近乎虔敬地默不作声，
为的是延长至福的生命。

1963 年 8 月 8-12 日

5　召唤

我将小心翼翼地
将你藏进某一支奏鸣曲。
哦！你的呼唤多令人不安，
这是无可挽救的错误：
你就那么靠近了我，
哪怕只是一瞬间……
你的理想——是消隐，
其中死亡不过是寂静的牺牲品。

1963 年 7 月 1 日

6 夜访

所有人走了，但谁也不曾回来。

你不会在落叶遍布的沥青路上
　　长久地等待。
我和你在维瓦尔第的柔板中
　　再一次相逢。
蜡烛也重新变得昏黄黯淡，
　　为梦幻所迷惑。
但琴弓不会探询，你怎么走进
　　我子夜的屋子。
这半个钟点的时间慢慢流失
　　在死一般哑默的呻吟中。
你在我的手掌心读到了
　　罕见的奇迹。
那时，已经成为命运的你的不安
　　就会引领你，
把你带离我的门槛，

走向冰凉的波涛。

1963年9月10-13日

7　最后的诗

它在我们头顶，如同海洋之上的星星，
用光线追寻致命的九级巨浪，
你把它叫作灾难和痛苦，
却从来没有一次称作快乐。

白天如同燕子似的盘旋在我们面前，
微笑在唇间尽情绽放，
而到了夜晚，马上就用冰凉的手
将我俩窒息。无论在哪一座城市。

它不再谛听任何甜蜜的话语，
已经忘掉过去所有的罪孽，
贴近了彻夜失眠者的床头，

低声絮叨那些天地不容的诗歌。

1963年7月23-25日

代后记

而在人们编织幻梦的地方，
各种幻梦都不能满足我俩，
我们曾有一梦，但力量
蕴含其中，犹如春天的莅临。

1965

罗马的最后一天

并不是过去周期的结束
经常让心脏感到最为窒闷，
我在生活中已经扔弃了许多，
我几乎已不再需要什么——

对我而言，科马罗沃的松树
在用自己的语言交谈，
它们伫立，恰似遥远的春天
驻留在啜饮过天空的水洼。

1964

我在自己的屋子踱步

我在自己的屋子踱步，
仿佛在别人的屋里，
我害怕去照镜子。
镜中是什么呀，上帝，上帝！——
有点儿像我……
难道我就是这副模样？

1960 年代

纪念瓦·斯列兹涅夫斯卡娅

几乎不可能，要知道你永远都在：
在美妙的菩提树荫下，在围困中，在医院，
在监狱的囚室里，还有猛禽飞动的地方，
那里有茂盛的青草，令人恐怖的污水。
哦，无论一切怎样变化，你永远都在，
我仿佛觉得你夺走了一半的灵魂，
就在被占有的一半灵魂中——我领会了
某件要事的缘由。我突然忘记了一切……
而你响亮的声音从那里呼唤着我，
请求我不要忧伤，要像等待奇迹一样等待死亡。
有什么办法呢！我试一试吧。

1964 年 9 月 9 日

在威堡

一个巨大的水下阶磴，
通向海神尼普顿的领地——
那里，斯堪的纳维亚像影子似的冻结，
一切——被笼罩在炫目的幻象中。
无言的歌，沉默的音乐，
但空气被它们的芬芳所点燃，
白色的冬天双膝下跪，
带着祈祷的关注追踪着一切。

1964 年 9 月 25 日

虽说这并不是故土

虽说这并不是故土，
但值得永远纪念，
大海涌动并不咸涩的海水，
它们温柔而冰凉。

海底的沙粒比白垩更醒目，
而空气醺然，如同葡萄美酒，
在夕阳的映照下，
松树裸露粉红的身体。

而夕阳漂浮在太空的浪涛中，
我根本无法将它辨认，
这是白昼的终结，还是世界的尽头，
抑或是我内心一个秘中之秘？

1964

不，既不是象棋，也不是网球

不，既不是象棋，也不是网球。
我和你一起玩耍的东西
人们用别的方式称呼，
如果需要有什么称呼的话……

既不是离别，也不是相会，
既不是交谈，也不是沉默……
因为这一点，你的血液
有一点在慢慢冷却。

1964-1965

阿赫玛托娃年表

1889年　6月23日（俄历6月11日），出生于敖德萨近郊大喷泉。父亲安德烈·安东诺维奇·戈连科是一名海军工程师，有希腊血统。母亲茵娜·埃拉兹莫夫娜是鞑靼人的后裔，外曾祖母普拉斯科维亚·费多谢夫娜·阿赫玛托娃出身于辛比尔斯克的阿赫玛托夫家族，这一家族的祖先便是金帐汗国的阿赫玛特大汗，其家庭渊源可以追溯到成吉思汗或帖木儿。取名安娜·安德烈耶夫娜·戈连科。

1890年　随父母迁移到北方，在巴甫洛夫斯克做了短暂的居留，随后，全家迁移到了著名的皇村。

1903年　圣诞节前夕，经由女友瓦列丽娅介绍，结识尼古拉·斯捷潘诺维奇·古米廖夫。

1906年　在巴黎的一份俄语文学杂志《天狼星》上，发表处女作《他手上戴着多枚闪亮的戒指》，署名为 А.Г.С。

1907年　秋天，考入基辅女子学院法律系。

1910年　5月7日（俄历4月25日），在第涅伯河畔的尼古尔村的一座教堂里，与古米廖夫举行婚礼。婚后不久，阿赫玛托娃夫妇去巴黎和意大利北部旅行。在巴黎逗留期间，结识莫迪利阿尼。

1911年　参与古米廖夫和戈罗杰茨基为首的“诗人车间”举办的各类活动，成为阿克梅主义理论的重要实践者。12月31日，

"野狗"俱乐部酒吧正式营业。

1912 年　第一本诗集《黄昏》出版，米·库兹明为之作序，得到著名诗人勃柳索夫、戈罗杰茨基、丘尔科夫等的好评。10 月 1 日，儿子列夫诞生。

1913 年　3 月 29 日，诗人克尼亚泽夫自杀。《阿波罗》杂志上刊登古米廖夫的文章《象征主义的遗产与阿克梅主义》和戈罗杰茨基的文章《俄罗斯现代诗歌中的几种流派》，对象征主义诗学进行质疑和抨击，正式提出阿克梅主义理论。

1914 年　3 月，第二部诗集《念珠》出版。6 月 28 日，奥匈帝国皇储斐迪南在萨拉热窝被刺，成为第一次世界大战的导火线。8 月，俄国宣布参战。古米廖夫报名参加志愿军。

1915 年　3 月，沙俄警察查封"野狗"俱乐部酒吧。

1916 年　2 月，安列普休假来到皇村，与之发生恋情。春天，古米廖夫晋升为准尉，并由原先的枪骑兵团调到亚历山大骠骑兵团。12 月末，阿赫玛托娃拒绝了安列普随他一起去英国的请求，坚持留在祖国。维克多·日尔蒙斯基发表文章《克服象征主义》，细致地分析了阿克梅派诗人的创作。

1917 年　与古米廖夫的关系日趋恶化。9 月，出版第三本诗集《白色的鸟群》。11 月 7 日（俄历 10 月 25 日），布尔什维克领导的十月社会主义革命取得胜利。12 月，批评家维戈茨基在《新生活报》上发表文章，首次提出"面向未来"的马雅可夫斯基流派和"缅怀过去"的阿赫玛托娃流派。

1918 年　8 月 5 日，与古米廖夫办理离婚手续。12 月，嫁给著名的东方学专家希列依科。

1920 年　在农学院图书馆工作。

1921 年　与希列依科正式分居。4 月，第四本诗集《车前草》出版。

该年第一期的《艺术之家》杂志发表了科尔涅依·楚科夫斯基的文章《两个俄罗斯》，文章就维戈茨基的观点做了进一步的阐述，认为马雅可夫斯基与阿赫玛托娃的创作各自代表一种倾向，也可以说，他们代表了两个俄罗斯。在他看来，应该综合这两个俄罗斯的特点，重新整合并繁荣当代的俄罗斯诗歌。8 月 7 日，勃洛克因病去世，终年四十一岁。8 月 24 日，古米廖夫被执行枪决。

1922 年 出版第五本诗集，书名是《Anno Domini MCM XXI》(意为“耶稣纪元，1921 年”)。在读者中间引起了强烈的反响。7 月 4 日，《真理报》发表了评论家奥辛斯基的一篇文章，声称“在勃洛克逝世以后，在俄罗斯诗坛上占据第一把交椅的将是阿赫玛托娃”。批评家埃亨巴乌姆出版了一本名为《安娜·阿赫玛托娃》的小册子。他在书中首次提出“不知她是情欲强烈的荡妇，还是一贫如洗到可以求得上帝宽恕的修女”的说法。8 月，与普宁在喷泉屋门口邂逅，两人开始了密切的交往。不久，离开了大理石宫的居处，搬到了普宁在喷泉屋的住所，开始了长达十五年的同居生活。

1923 年 拉普理论家列列维奇在《在岗位上》杂志发表题为《安娜·阿赫玛托娃》的文章，认为她的创作“充满了消沉的情绪”。亚历山德拉·柯伦泰在回答《青年近卫军》杂志上的读者来信时，则从女性主义视角肯定了阿赫玛托娃的创作。

1924 年 因彼得格勒出版社准备出版一套阿赫玛托娃的两卷集，与巴·卢克尼茨基相识。在莫斯科还举办她个人的诗歌朗诵会，就在会议的开幕式上，批评家列昂尼德·格罗斯曼认为她是俄罗斯最优秀的女诗人，堪与古希腊的萨福相媲美。但据说，某位大人物参加了当晚的朗诵会，表示不喜欢她的作品，从而不仅使计划中的诗集出版流产，而且也导致了各大杂志不敢再刊登其作品。开始普希金研究。

1928 年　与希列依科正式办理离婚手续。

1929 年　苏联出版的《文学百科全书》依然保留了“阿赫玛托娃”的条目，但被描述成“既没获得资本主义社会的新职位，却又丢失了封建社会旧职位的贵族女诗人”。

1935 年　10 月，普宁和她的儿子列夫同时被捕。

1938 年　3 月 10 日，列夫又一次遭到逮捕。在探监的队列中，萌发《安魂曲》的写作构思。12 月，曼德尔施塔姆病死于海参崴的二道子沟劳改农场。

1940 年　春天，在莫斯科的阿尔多夫家会见茨维塔耶娃。初夏，诗选《选自六部诗集》出版，但至年底又被令销毁。

1941 年　6 月 22 日，希特勒撕毁了苏德互不侵犯条约，对苏联发动了突然袭击，苏联卫国战争爆发。8 月 31 日，茨维塔耶娃在叶拉堡市自缢身亡。10 月，疏散到乌兹别克的首府塔什干。开始撰写《没有主人公的叙事诗》。

1943 年　在塔什干出版了一部《诗选》。诗选由评论家泽林斯基撰写序言。

1944 年　5 月 31 日，重返列宁格勒。

1945 年　5 月 8 日，苏联军队攻克柏林。11 月，会见以赛亚·伯林。

1946 年　8 月 14 日，苏共中央做出了一项重要决议《关于〈星〉和〈列宁格勒〉杂志》。决议严厉批评了《星》和《列宁格勒》杂志，认为他们不恰当地为作家左琴科和诗人阿赫玛托娃那些在意识形态上既缺乏思想性又具有很大危害性的作品提供了版面。阿赫玛托娃被开除出苏联作家协会，停止刊登作品。为了生活，开始诗歌翻译活动。

1953 年　3 月 5 日，斯大林因脑溢血逝世。

1954 年　12 月 16 日，应邀出席苏联作家协会第二次全国作家代表大会。

1955 年　在列宁格勒的远郊科马罗沃分到了一个小别墅。

1962 年　在科马罗沃会见美国诗人罗伯特·弗罗斯特。

1963 年　修订完成了《没有主人公的叙事诗》。

1964 年　诗人布罗茨基因写诗而以“不劳而获”的“寄生虫”罪被判处五年流放。12 月 12 日，在伊琳娜的陪同下，来到了西西里岛接受意大利政府颁发的“埃特纳－陶尔明纳”国际文学大奖。

1965 年　6 月，英国牛津大学授予阿赫玛托娃名誉文学博士学位。出版诗集《时间的奔跑》。

1966 年　3 月 5 日清晨，阿赫玛托娃因心肌梗死突然去世。3 月 10 日，在列宁格勒的尼科尔斯基大教堂内举行遗体告别仪式，随后，安葬于科马罗沃公墓。